Diogenes Taschenbuch 20913

de
te
be

Werkausgabe
in zehn Bänden

Band 8

Dashiell Hammett

Das große Umlegen

und andere Detektivstories

Aus dem Amerikanischen von Hellmuth Karasek, Walter E. Richartz und Wulf Teichmann

Diogenes

Dieser Band bringt drei Geschichten aus den
ursprünglich unter den Titeln ›Das große Umlegen‹ 1976
und ›Detektiv bei Continental's‹ 1978 erschienenen Sammlungen.
Als Vorlagen dienten die amerikanischen Ausgaben
›The Big Knockover. Selected Stories and Short Novels‹
und ›The Continental Op‹,
beide Random House, New York.

Umschlagfoto: Humphrey Bogart und
Jeffrey Lynn

Veröffentlicht als Diogenes Taschenbuch, 1981

60/91/29/7
ISBN 3 257 20913 4

Inhalt

Das große Umlegen

Ich fand Mexiko-Paddy in Jean Larrouys Kneipe.

Paddy, ein liebenswürdiger Gauner, der aussah wie der König von Spanien, zeigte mir lächelnd seine großen weißen Zähne, rückte mit einem Fuß einen Stuhl für mich zurecht und sagte zu einem Mädchen, das mit ihm am Tisch saß: »Nellie, das ist der großherzigste Greifer in San Franzisko. Der kleine Fettling tut alles für dich, wenn er dich nur am Schluß lebenslänglich einlochen kann.« Er drehte sich zu mir, zeigte mit der Zigarre auf das Mädchen: »Das ist Nellie Wade, und sie ist astrein. Sie braucht nicht zu arbeiten. Ihr alter Herr is'n Schmuggler.«

Sie war ein schlankes Mädchen in Blau – weiße Haut, breite grüne Augen, kurzes, kastanienbraunes Haar. Ihr mürrisches Gesicht wurde hübsch und belebte sich, als sie mir über den Tisch eine Hand hinstreckte; wir lachten beide über Paddy.

»Fünf Jahre?« fragte sie.

»Sechs«, verbesserte ich.

»Verdammt!« sagte Paddy, grinste und winkte einem Kellner. »Eines Tages leg ich noch mal einen Schnüffler rein.«

Bisher hatte er sie alle reingelegt – er hatte noch nie im Kittchen geschlafen.

Ich betrachtete mir noch einmal das Mädchen. Vor sechs Jahren hatte diese Angel Grace Cardigan ein halbes Dutzend Burschen aus Philadelphia beim Kartenspielen mächtig ausgenommen. Dan Morey und ich hatten sie erwischt, aber keins ihrer Opfer wollte gegen sie aussagen, und so mußte man sie wieder freilassen. Damals war sie ein Kind, neunzehn Jahre, aber schon eine ganz lockere Betrügerin.

Mitten auf der Bühne fing eines von Larrouys Mädchen an zu singen: »Sag mir, was du willst, und ich sag dir, was du kriegst.«

Mexiko-Paddy goß etwas aus einer Ginflasche in die Gläser voll Limonade, die der Kellner gebracht hatte. Wir tranken, und ich gab Paddy einen Zettel, auf dem ein Name und eine Adresse gekritzelt waren.

»Das soll ich dir von Itchy Maher stecken«, erklärte ich, »ich habe ihn gestern im Folsom-Knast gesehen. Er sagt, es ist seine Mutter, und du sollst mal zu ihr hingehen und schauen, ob sie was braucht. Ich glaube, eigentlich meint er, daß du ihr seinen Anteil an dem letzten Ding geben sollst, das ihr gedreht habt.«

»Du beleidigst mich«, sagte Paddy, steckte den Zettel ein und brachte den Gin wieder zum Vorschein.

Ich leerte eine zweite Gin-Brause und zog die Füße ein, um aufzustehen und mich auf den Heimweg zu machen. In diesem Augenblick kamen vier Kunden von der Straße herein. Ich erkannte einen von ihnen und blieb sitzen. Er war groß und schlank und mit allem rausgeputzt, was ein gut angezogener Mann so tragen soll. Scharfe Augen, scharfes Gesicht, Lippen so dünn wie Messer und kleiner spitzer Schnurrbart: Es war Bluepoint Vance. Ich fragte mich, was der wohl hier machte, dreitausend Meilen von seinen New Yorker Jagdgründen.

Während ich überlegte, hielt ich ihm meinen Hinterkopf hin und tat, als sei ich an der Sängerin interessiert, die den Gästen jetzt »I want to be a Bum« präsentierte. Doch hinter der Sängerin, hinten in einer Ecke, fiel mir noch ein bekanntes Gesicht auf, das in eine andere Stadt gehörte: Happy Jim Hacker, der rundliche und rosige Detroiter Schießer, der schon zweimal zum Tod verurteilt und zweimal begnadigt worden war.

Als ich wieder nach vorne schaute, hatten Bluepoint Vance und seine drei Begleiter am übernächsten Tisch Platz genommen. Er wandte uns den Rücken zu. Ich taxierte seine Kumpane ab.

Gegenüber von Vance saß ein junger, breitschultriger Riese mit rotem Haar, blauen Augen und einem pausbäckigen Gesicht – auf eine wilde, harte Art gutaussehend. Zu seiner Linken saß ein dunkles Mädchen mit listigen Augen und breitflappendem

Hut. Sie redete mit Vance. Die Aufmerksamkeit des Riesen war voll von der vierten in dieser Gesellschaft in Anspruch genommen, die rechts von ihm saß. Sie verdiente es.

Sie war nicht groß noch kurz, nicht dünn noch dicklich. Sie trug so was wie einen russischen Kasack, mit grünen Litzen und silbernen Troddeln behangen. Über der Lehne ihres Stuhls hing eine schwarze Pelzjacke. Sie war vielleicht zwanzig. Ihre Augen waren blau, ihr Mund war rot, ihre Zähne weiß, was von ihrem Haar unter dem schwarz-grün-silbernen Turban hervorschaute, war braun, und sie hatte eine Nase. Ohne mich jetzt an den Details zu erhitzen – sie war hübsch. Das sagte ich auch. Mexiko-Paddy stimmte dem mit einem »Hat sich was« zu; Angel Grace schlug vor, ich sollte rübergehen und Red O'Leary erzählen, daß ich sie hübsch fände.

»Der große Vogel ist Red O'Leary?« fragte ich und machte es mir auf meinem Sessel so bequem, daß ich einen Fuß unter dem Tisch zwischen Paddy und Angel Grace ausstrecken konnte. »Wer ist denn seine hübsche Freundin?«

»Nancy Regan, und die andere ist Sylvia Yount.«

»Und der Typ mit dem Rücken zu uns?« bohrte ich.

Paddys Fuß, der unter dem Tisch nach dem Fuß des Mädchens suchte, stieß gegen meinen.

»Tritt mich nicht, Paddy«, bat ich. »Ich will vernünftig sein. Jedenfalls bleibe ich nicht hier, damit ich was verpaßt kriege. Ich geh nach Hause.«

Ich sagte den beiden Adieu und machte mich fort auf die Straße; Bluepoint Vance kehrte ich den Rücken zu.

An der Tür mußte ich zur Seite treten, um zwei Männer hereinzulassen. Sie kannten mich beide, aber keiner beachtete mich: Sheeny Holmes (nicht jener ehrwürdige Holmes, der seinerzeit in den Tagen der Postkutsche den Überfall von Moose Jaw inszeniert hatte) und Denny Burke, der König von Frog Island in Baltimore. Ein hübsches Duo – keiner von ihnen würde je an Mord denken, falls nicht Profit und politische Protektion gesichert wären.

Draußen bog ich in die Kearny Street ein. Während ich so dahinschlenderte, dachte ich drüber nach, daß Larrouys Spelunke an diesem Abend voller krummer Typen war und daß mehr als nur eine Handvoll VIPs bei uns zu Besuch war. Ein Schatten in einer Einfahrt unterbrach meine Denkarbeit.

Der Schatten sagte: »P-sss-st!«

Ich stoppte, betrachtete mir den Schatten genauer und sah, daß es Beno war, ein süchtiger Zeitungsverkäufer, der schon hin und wieder einen Tip gegeben hatte – einige gut und andere falsch.

»Ich bin müde«, knurrte ich und stellte mich zu Beno und seinen Zeitungspacken in der Einfahrt; »die Geschichte von dem stotternden Mormonen hab ich schon gehört; also, wenn's darum geht, sag es gleich, dann geh ich gleich weiter.«

»Ich weiß nix von kei'm Mormonen nich«, beteuerte er, »aber ich weiß was anderes.«

»Na?«

»Sie könn' leicht ›Na?‹ sagen, aber ich will wissen: was springt für mich dabei raus?«

»Kriech in deinen hübschen Torweg hier und mach die Äuglein zu«, riet ich ihm und wandte mich wieder der Straße zu. »Wenn du aufwachst, bist du wieder in Ordnung.«

»He! Hörn Sie doch! Ich hab was für Sie! Ehrlich!«

»Also?«

»Hörn Sie!« Er kam näher und flüsterte: »Irgendwas is im Busch bei der Seaman's National. Was die vorhaben, weiß ich nicht, aber es is ernst. Ehrlich! Ich erzähl Ihnen kein Märchen. Namen kann ich Ihn' nich geben. Wenn ich was wüßte, ich würd's Ihnen sagen. Ehrlich. Gem Sie mir'n Zehner. Soviel isses Ihn' doch wert, nich? Der Tip is richtig – Ehrenwort!«

»Ja, richtig, wie 'n Windei!«

»Ne! Bestimmt! Ich –«

»Was is denn dann im Busch?«

»Weiß ich nich. Ich weiß bloß, daß die Seaman's hoppgenommen werden soll. Ehrl –«

»Woher hast du's?«

Beno schüttelte den Kopf. Ich legte ihm einen Silberdollar in die Hand.

»Besorg dir noch'n Schuß und denk dir den Rest aus«, sagte ich, »und wenn's lustig genug is, kriegst du die restlichen neun.«

Ich wanderte weiter bis zur Ecke und zerbrach mir den Kopf über Benos Story. Nur für sich allein klang sie nach dem, was sie wohl war: ein Märchen, um bei einem gutgläubigen Schnüffler einen Dollar lockerzumachen. Aber da kam was dazu. Larrouy's – und das war bloß einer der bekannten Treffs in der Stadt – wimmelte von diesen Banditen, die Leben und Besitz bedrohten. Es war der Mühe wert, mal nachzusehen, vor allem da die Versicherung, die die Seaman's National Bank deckte, Kunde bei der Continental Detective Agency war.

Hinter der Ecke, nachdem ich ein paar Meter die Kearny Street vorgegangen war, hielt ich an.

Von der Straße, aus der ich kam, hörte man einen zweifachen Knall – Schüsse aus einer schweren Pistole. Ich ging denselben Weg zurück. Als ich um die Ecke bog, sah ich eine Gruppe von Menschen vorne auf der Straße. Ein junger Armenier – ein schniekes Jüngelchen von neunzehn oder zwanzig – schlenderte an mir vorbei, in entgegengesetzter Richtung; er hatte die Hände in den Taschen und pfiff leise ›Broken-hearted Sue‹.

Ich gesellte mich zu der Gruppe – es wurde jetzt eine Menge –, die um Beno stand. Beno war tot, das Blut aus zwei Löchern in seiner Brust besudelte die verknickten Zeitungen, auf denen er lag.

Ich ging zu Larrouy's und schaute hinein. Keiner war da: Red O'Leary, Bluepoint Vance, Nancy Regan, Sylvia Yount, Mexiko-Paddy, Angel Grace, Denny Burke, Sheeny Holmes, Happy Jim Hacker – alle waren sie fort.

Ich stellte mich wieder in Benos Nähe, blieb da an eine Wand gelehnt, bis die Polizei kam, die Fragen stellte, nichts erfuhr, keine Zeugen fand und wieder abzog, wobei sie die Überreste des Zeitungsmannes mitnahm.

Ich ging nach Hause und ins Bett.

Am nächsten Tag verbrachte ich den Morgen in unserem Archiv und wühlte in der Kartei und in der Fotosammlung herum. Wir hatten nichts über Red O'Leary, Denny Burke, Nancy Regan, Sylvia Yount, und über Mexiko-Paddy bloß ein paar Mutmaßungen. Auch lag nichts unmittelbar gegen Angel Grace, Bluepoint Vance, Sheeny Holmes und Happy Jim Hacker vor, obgleich ihre Fotos da waren. Um zehn Uhr – der Zeit, wo die Banken öffnen – brach ich zur Seaman's National auf; bei mir hatte ich die Fotos und Benos Tip.

Das Büro der Continental Detective Agency in San Franzisko befindet sich in einem Bürohaus in der Market Street. Die Seaman's National Bank nimmt das Erdgeschoß eines hohen grauen Gebäudes in der Montgomery Street ein, dem Finanzzentrum von San Franzisko. Normalerweise hätte ich eine Straßenbahn genommen, da ich ohne Grund noch nicht mal sieben Blocks zu Fuß gehe. Aber in der Market Street war irgendeine Verkehrsstauung, und so machte ich mich auf den Weg und bog in die Grand Avenue ein.

Nachdem ich ein paar Blocks gegangen war, wurde mir allmählich klar, daß in dem Teil der Stadt, dem ich mich näherte, irgendwas nicht stimmte. Erst mal die Geräusche: brüllende, rasselnde, knallende Geräusche. An der Sutter Street kam ein Mann an mir vorbeigelaufen, der mit beiden Händen sein Gesicht hielt und stöhnte, während er sich bemühte, sich seine Kinnlade einzurenken. Seine Wange war blutig aufgerissen.

Ich lief die Sutter Street vor. Da war ein Verkehrschaos, das bis zur Montgomery Street reichte. Männer ohne Hut liefen aufgeregt herum. Die Explosionsgeräusche wurden deutlicher. Ein Auto voller Polizisten fuhr an mir vorbei – so schnell, wie es in dem Verkehr ging. Ein Krankenwagen kam mit lautem Klingeln die Straße hoch; wo der Verkehr am schlimmsten war, fuhr er auf dem Gehsteig.

Im Galopp überquerte ich die Kearny Street. Auf der anderen Straßenseite rannten zwei Polizisten, einer mit gezogener Pistole. Jetzt klangen die Explosionsgeräusche wie ein Trommelwirbel.

Als ich in die Montgomery Street einbog, sah ich vor mir ein paar Schaulustige. Die Straße war voller Lastwagen, PKWs und Taxis, und alle menschenleer. Weiter oben im nächsten Block, zwischen der Bush und der Pine Street, war die Hölle los.

Am lustigsten war die Hölle in der Mitte des Blocks, wo die Seaman's National Bank und die Golden Gate Trust Company einander gegenüberlagen.

Die nächsten sechs Stunden hatte ich mehr zu tun als ein Floh auf einer fetten Frau.

Spät am Nachmittag machte ich mal Pause bei meiner Schnüffelarbeit und ging zu einem Palaver mit dem Alten ins Büro hoch. Er saß in seinen Sessel zurückgelehnt, starrte aus dem Fenster und klopfte mit seinem üblichen gelben Bleistift auf die Schreibtischplatte.

Er ist ein großer, schwerer Mann in seinen Siebzigern, mein Boss; er hat ein Großvatergesicht mit weißem Schnurrbart, rosig, mit sanften blauen Augen hinter der randlosen Brille, in den Augen ist nicht mehr Wärme als in einem Henkersstrick. Nach fünfzig Jahren Jagd auf Gauner für die Continental hatte er an nichts mehr zu tragen, außer an seinem Gehirn und einer leisen, lächelnden Schale der Höflichkeit; die blieb immer gleich, ob die Dinge gut oder schlecht standen, und in jedem Falle bedeutete sie gleich wenig. Wir, die wir für ihn arbeiteten, waren stolz auf seine Kaltblütigkeit. Wir prahlten, daß er im Juli Eiszapfen spucken könnte, und nannten ihn unter uns Pontius Pilatus, da er höflich lächelte, wenn er einen von uns wieder mal losschickte, der bei einem selbstmörderischen Job durch die Mangel gedreht werden sollte.

Als ich hereinkam, drehte er sich vom Fenster um, lud mich durch ein Kopfnicken zum Sitzen ein und strich sich mit dem Bleistift über den Schnurrbart. Auf seinem Schreibtisch lagen die Nachmittagszeitungen mit fünffarbig schreienden Schlagzeilen über den Doppel-Einbruch in der Seaman's National Bank und der Golden Gate Trust Company.

»Wie sieht's aus?« fragte er, wie jemand nach dem Wetter fragt.

»Mies sieht's aus«, sagte ich. »An dem Ding waren hundertfünfzig Banditen beteiligt. Hundert hab ich selber gesehen – glaub ich wenigstens –, und 'ne Menge von ihnen hab ich nicht gesehen; die lagen auf der Lauer, so daß sie gleich zuschlagen konnten, wo man 'ne gute Kralle brauchte. Und zugeschlagen haben sie. Sie sind aus dem Hinterhalt über die Polizei hergefallen und haben die völlig lahmgelegt. Punkt zehn sind sie in die beiden Banken rein; sie haben den ganzen Block abgeriegelt, die braven Leute weggejagt, die andern umgelegt. Der Einbruch selbst war ein Kinderspiel für eine so große Bande. Zwanzig oder dreißig Leute in jede Bank, während die übrigen die Straße unter Kontrolle hatten. Brauchten die Beute bloß einzuwickeln und nach Hause zu tragen.

Jetzt ist da drinnen eine Versammlung von bitterbösen Geschäftsleuten; Aktionäre mit feurigen Augen stehen auf den Hinterbeinen und schreien nach dem Blut des Polizeichefs. Die Polizei hat sich da nicht mit Ruhm bekleckert, das ist mal sicher, aber keine Polizeitruppe kann mit einem derart großangelegten Überfall fertig werden – egal, für wie gut sie sich hält. Die ganze Sache war in weniger als zwanzig Minuten erledigt. Ungefähr hundertfünfzig Ganoven waren da drin, bis an die Zähne bewaffnet, und jedes Detail war zentimetergenau geplant. Wie soll man in so kurzer Zeit genug Polypen dahin schaffen, kapieren, worum's geht, einen Schlachtplan machen und ausführen? Man kann leicht sagen, die Polizei soll auf alles vorbereitet sein, sie soll für jeden Notfall gerüstet sein, aber diese Armleuchter, die jetzt als erstes ›unfähig‹ schreien, sind genau die, die ›Räuber‹ brüllen, wenn man ihre Steuern um ein paar Cents erhöht, damit man mehr Polizei und Ausrüstung kaufen kann.

Trotzdem, keine Frage, die Polizei hat versagt, und es wird vielen Specknacken an den Kragen gehen. Die Panzerwagen taugten nichts, mit den Handgranaten ging es eins zu eins, weil die Banditen das Spielchen auch konnten. Aber eine wirkliche Schande bei dem Ringelreihn waren die Maschinengewehre der Polizei. Die Bankleute und die Makler sagen, die

Dinger wären präpariert worden. Ob da jetzt jemand dran rumgefummelt hat oder ob sie nur nicht ordentlich instand gehalten wurden – das kann man nur raten; jedenfalls hat nur eins von den verdammten Dingern überhaupt geschossen, und noch nicht mal das sehr gut.

Ausgebrochen sind sie nach Norden, auf der Montgomery zur Columbus. Von der Columbus hat sich die ganze Kavalkade, immer nur wenige Autos auf einmal, in die Seitenstraßen abgesetzt. Zwischen der Washington und der Jackson hatten sie für die Polizei einen Hinterhalt vorbereitet, und als die sich endlich freigeschossen hatten, waren die Wagen der Bande über die ganze Stadt verstreut. Inzwischen hat man viele Wagen gefunden – alle leer.

Wir haben noch nicht alle Zahlen, aber bis jetzt sieht das Ergebnis so aus: Die Beute wird weiß Gott wie viele Millionen betragen – jedenfalls ist es bestimmt die reichste Ernte, die jemals von Zivilisten eingeheimst wurde. Sechzehn Polypen wurden umgelegt und dreimal soviel verwundet. Zwölf unschuldige Zuschauer, Bankangestellte und ähnliches, wurden umgebracht, und ebenso viele übel zugerichtet. Zwei Banditen und fünf andere, die entweder auch Ganoven waren oder Besucher, die reingezogen wurden, kriegten Kugeln ab. Die Banditen verloren, soviel wir wissen, sieben Tote und einunddreißig Gefangene – die meisten sind irgendwo verletzt.

Einer von den Toten war Fatty Clark. Wissen Sie noch? Vor drei oder vier Jahren hat er sich aus einem Gerichtssaal in Des Moines freigeschossen. Wir haben einen Zettel in seiner Tasche gefunden, einen Plan der Montgomery Street zwischen Pine und Bush, dem Tatort. Hinten drauf standen getippte Anweisungen, ganz genau, was er wann tun mußte. Ein X auf dem Plan zeigte, wo er seinen Wagen parken mußte, in dem er mit seinen sieben Leuten ankam, und dann war da ein Kreis, wo er sich mit ihnen aufstellen und ganz allgemein alles beobachten sollte, vor allem die Fenster und Dächer der gegenüberliegenden Häuser. Die Zahlen 1, 2, 3, 4, 5, 6, 7 und 8 auf dem Plan bezeichneten die

Hauseingänge, Stufen, ein niedriges Fenster und so weiter, die als Deckung geeignet waren, falls es zu einem Schußwechsel mit diesen Fenstern und Dächern käme. Clark brauchte sich um die Bush-Street-Seite des Blocks nicht zu kümmern, aber falls die Polizei die Pine Street angreifen würde, sollte er seine Leute dahin verlegen und sie an den mit a, b, c, d, e, f, g und h bezeichneten Stellen aufstellen (seine Leiche wurde an dem mit a bezeichneten Punkt gefunden). Während des Überfalls sollte er alle fünf Minuten einen Mann zu einem Auto schicken, dessen Standort auf dem Plan mit einem Stern versehen war, und dort gegebenenfalls neue Instruktionen einholen. Er mußte seinen Leuten sagen, falls er erschossen würde, sollte es einer dem Auto melden, dann würden sie einen neuen Anführer kriegen. Wenn das Zeichen zum Abzug gegeben würde, sollte er einen seiner Männer zu dem Wagen schicken, in dem sie gekommen waren. Wenn der noch in Ordnung war, sollte der Mann ihn fahren, aber das Auto davor nicht überholen. Wenn der Wagen was abgekriegt hatte, sollte der Mann sich bei dem Stern-Auto melden; dort erfuhren sie, wo er ein neues bekam. Vermutlich rechneten sie damit, daß genug Autos dort parkten, die dafür in Frage kamen. Während Clark auf das Auto wartete und seine Leute soviel Blei wie möglich auf jedes Ziel in ihrem Gebiet prasseln ließen, sollte keiner einsteigen, bevor es nicht genau vor ihnen stand. Dann sollten sie die Montgomery vorfahren bis zur Columbus und dann – mehr wissen wir nicht.«

»Kapiert?« fragte ich. »Da haben wir hundertfünfzig Revolverhelden, sie sind in Gruppen mit Gruppenführern aufgeteilt, sie haben Karten und Fahrpläne, wo draufsteht, was jeder tun muß, wo die Kugelfänge vermerkt sind, hinter denen jeder kniet, der Backstein, wo er draufstehen muß, wohin er spucken muß – alles, bis auf Namen und Adresse des Polizisten, den er abknallen soll! Es kommt gar nicht mehr drauf an, daß Beno mir keine Details geben konnte – ich hätte es sowieso nicht geglaubt, ich hätte es alles für den Traum eines Fixers gehalten.«

»Sehr interessant«, sagte der Alte mit einem leeren Lächeln.

Ich fuhr mit meiner Geschichte fort: »Der Fahrplan von Fatty war der einzige, den wir erwischt haben. Unter den Toten und Gefangenen habe ich ein paar Bekannte gesehen, die anderen werden noch von der Polizei identifiziert. Einige sind einheimische Früchtchen, aber die meisten sind scheint's Importware. Detroit, Chikago, New York, St. Louis, Denver, Portland, L. A., Philadelphia, Baltimore – anscheinend haben sie alle ihre Vertreter geschickt. Sobald die Polizei mit dem Identifizieren fertig ist, mache ich eine Liste.

Von denen, die nicht geschnappt wurden, muß Bluepoint Vance der Oberboss gewesen sein. Er war in dem Wagen, der die Operation steuerte. Ich weiß nicht, wer sonst noch bei ihm war. Shivering Kid war mit in der Party, ich glaube auch Alphabet Shorty McCoy, obgleich ich ihn nicht genau sehen konnte. Sergeant Bender erzählte mir, daß er im Stoßtrupp Toots Salda und Darby M'Laughlin erkannt hat, und Morgan hat auch noch den oder jenen gesehen. Es ist ein hübscher Querschnitt durch die Szene – Killer, Betrüger, Straßenräuber aus allen Filialen der Firma.

Das Präsidium war heute nachmittag das reinste Schlachthaus. Die Polizei hat von ihren Gästen keinen umgebracht, jedenfalls soviel ich weiß; aber weiß der Himmel, sie bringt ihnen Mores bei. Die Zeitungsschreiber, die so gern über sogenannte Foltern schluchzen, die sollten da mal hingehen. Einige der Gäste haben gesungen, nachdem sie ein bißchen was abgekriegt haben. Aber der Mist ist, daß sie nicht besonders viel wissen. Sie wissen ein paar Namen – Denny Burke, Toby the Lugs, Old Peter Best, Fatty Boy Clarke und Mexiko-Paddy wurden genannt; ein bißchen was hilft es, aber sämtliche Prügelkraft der Polizeiarmee bringt nicht mehr heraus.

Anscheinend ist die Sache folgendermaßen organisiert worden: Nehmen wir mal Denny Burke – man kennt ihn als einen wendigen Schaffer in Baltimore. Also, Denny redet mit acht oder zehn Jungs, die in Frage kommen – immer mit einem aufs Mal. ›Hast du Lust, ein bißchen Kleingeld abzustauben, drüben an der

Westküste?‹ fragt er die. ›Was hab ich zu tun?‹ will der Kandidat wissen. ›Du tust, was man dir sagt‹, sagt der König von Frog Island. ›Du kennst mich. Ich sage dir, das ist das schnellste Ding, das je gedreht wurde, das reinste Kinderspiel – todsicher. Wer mitmacht, kommt nach Hause und stinkt vor Geld – und wenn sie nicht kneifen, kommen alle nach Hause. Mehr sag ich nicht; wenn du nicht willst – laß es bleiben.‹

Und diese Typen kannten ihren Denny; wenn der sagte, die Sache war richtig, dann genügte es ihnen. Also machten sie mit. Er erzählte ihnen nichts. Er kümmerte sich drum, daß sie was zum Schießen hatten, gab ihnen 'ne Fahrkarte nach San Franzisko und zwanzig Dollar und verabredete einen Treffpunkt dort. Gestern abend holte er sie alle zusammen und sagte ihnen, daß sie heute morgen arbeiten müßten. Inzwischen hatten sie sich genug in der Stadt umgesehen und mitgekriegt, daß sie vor lauter eingereisten Typen überlief – und dabei solche Asse wie Toots Salda, Bluepoint Vance und Shivering Kid. Also sind sie am nächsten Morgen eifrig hinter ihrem König von Frog Island hermarschiert, um ihr Geschäft zu erledigen.

Die anderen Sänger singen so ziemlich dasselbe Lied. Die Polizei fand Platz in ihrem überfüllten Gefängnis, um noch ein paar Spitzel reinzuzwängen. Da nicht viele Banditen viele von den anderen kannten, war es für die Spitzel leicht, aber das einzige, was sie außerdem noch rauskriegen konnten, war, daß die Gefangenen heute nacht eine Großaktion erwarten. Sie glauben anscheinend, daß ihr Haufen heute nacht das Gefängnis stürmen und sie rauslassen wird. Wahrscheinlich ist das ein schöner Wahn, aber jedenfalls diesmal will die Polizei vorbereitet sein.

So ist die Lage jetzt. Die Polizei kämmt die Straßen durch, und sie greifen jeden auf, der unrasiert ist oder kein vom Pfarrer unterzeichnetes Leumundszeugnis vorweisen kann; besondere Aufmerksamkeit gilt Zügen, Schiffen und Autos, die die Stadt verlassen. Ich habe Jack Counihan und Dick Foley zur nördlichen Küstenstraße geschickt, damit sie die Kneipen abklappern und mal zusehen, was sie rauskriegen können.«

»Glauben Sie, daß Bluepoint Vance das Gehirn in diesem Bankraub war?« fragte der Alte.

»Das hoffe ich – den kennen wir.«

Der alte Mann drehte seinen Sessel so, daß seine sanften Augen wieder aus dem Fenster schauen konnten, und klopfte grüblerisch mit seinem Bleistift.

»Ich fürchte – nein«, sagte er mit einem milde bedauernden Ton. »Vance ist ein gerissener, einfallsreicher und entschlossener Verbrecher, aber er hat dieselbe Schwäche wie viele seiner Art. Seine Fähigkeiten eignen sich für sofortige Aktion, aber nicht zum Vorausplanen. Er hat schon ein paar Großaktionen durchgezogen, aber ich habe immer gedacht, daß dahinter ein anderer Kopf an der Arbeit war.«

Ich konnte dagegen nichts sagen. Wenn der Alte sagte, daß etwas so sei, dann war es wahrscheinlich so; er war einer von jenen vorsichtigen Leuten, die durchs Fenster einen Wolkenbruch sehen und sagen »Es regnet anscheinend«, weil eine geringe Möglichkeit besteht, daß jemand Wasser auf das Dach gießt.

»Und wer ist dieser Oberdrahtzieher?« fragte ich.

»Sie werden es wohl vor mir rauskriegen«, sagte er mit wohlwollendem Lächeln.

Ich ging wieder ins Kommissariat und war behilflich, weitere Gefangene in Öl zu sieden, bis etwa acht Uhr, als mein Appetit mich daran erinnerte, daß ich seit dem Frühstück nichts gegessen hatte. Ich erledigte das und machte mich dann auf den Weg zu Larrouy's, ich wanderte gemächlich, damit die Gymnastik der Verdauung nicht in die Quere kam. Ich verbrachte dreiviertel Stunden bei Larrouy's und sah niemand, der mich besonders interessierte. Ein paar Herrschaften waren schon da, aber sie waren nicht scharf auf meine Gesellschaft – in Verbrecherkreisen ist es nicht immer gesund, wenn man, direkt nachdem man ein Ding abgespult hat, einem Schnüffler zuzwinkert.

Da ich dort nichts erreichte, begab ich mich – weiter vorn an der Straße – zu Wop Healy's – auch so eine Kaschemme. Hier wurde ich genauso behandelt – man setzte mich an einen Tisch und ließ mich allein. Healys Orchester spielte mit großem Nachdruck ›Betrüg mich nicht‹, während die Kunden, die bei Kräften waren, wie die Wilden auf der Tanzfläche tanzten. Einer der Tänzer war Jack Counihan, und der hatte die Arme voll zu tun mit einem strammen Mädchen mit olivfarbener Haut und einem netten, vollen, dummen Gesicht.

Jack war ein großer schmaler Jüngling von dreiundzwanzig Jahren, der vor einigen Monaten bei der Continental reinschneite und sich anstellen ließ. Das war sein erster Arbeitsplatz, und den hätte er auch nicht gehabt, wenn der Vater nicht darauf bestanden hätte: falls das Söhnchen weiterhin Wert auf offene Familienkasse legte, so müßte es die Vorstellung aufgeben, ein kleiner College-Abschluß wäre schon ein Lebenswerk.

So kam Jack zu der Agentur. Er dachte, Detektivarbeit macht Spaß. Obgleich er lieber den falschen Mann erwischte, als einen falschen Schlips zu tragen, war er durchaus vielversprechend als Diebesfänger. Ein liebenswürdiger Junge, bei all seiner Schlankheit kräftig genug, mit glattem Haar, dem Gesicht und den Manieren eines Gentleman; er hatte Nerven, war fix mit dem Kopf und den Händen und voll waghalsiger Fröhlichkeit, wie sie seiner Jugend anstand. Natürlich hatte er den Kopf voller Flausen und brauchte einen Rückhalt, aber ich arbeitete lieber mit ihm, als mit vielen alten Hasen, die ich kannte.

Eine halbe Stunde verstrich ohne was Interessantes für mich.

Dann kam ein Junge von der Straße zu Healy's rein – ein kleiner Bursche, auffallend gekleidet, mit hautengen Hosen, sehr glänzenden Schuhen, mit frechem, blassem Gesicht und sehr ausgeprägten Zügen. Er war der Kerl, den ich, direkt nachdem Beno erledigt worden war, den Broadway hatte entlangschwänzeln sehen.

Ich lehnte mich in meinem Stuhl zurück, so daß der Kopf einer Dame mit breitem Hut zwischen uns war, und beobachtete, wie der junge Armenier sich zwischen den Tischen zu einem Platz in einer gegenüberliegenden Ecke schlängelte, wo drei Männer saßen. Er redete mit ihnen – zwanglos – vielleicht ein Dutzend Worte, dann ging er weiter zu einem anderen Tisch, wo ein schwarzhaariger Mann mit Knubbelnase saß. Der Bursche ließ sich auf einem Stuhl gegenüber der Knubbelnase nieder, redete ein paar Worte, grinste spöttisch bei den Fragen der Knubbelnase und bestellte was zu trinken. Als sein Glas leer war, durchquerte er den Raum, um mit einem mageren Mann mit Habichtnase zu reden, und verließ dann Healys Lokal.

Ich folgte ihm nach draußen; als ich an dem Tisch vorbeikam, wo Jack mit seinem Mädchen saß, zwinkerte ich ihm zu. Draußen sah ich den jungen Armenier einen halben Block vor mir. Jack Counihan holte mich ein und überholte mich. Ich hatte eine Zigarette im Mund und rief ihn an: »Hast du Feuer, Bruder?«

Während ich meine Zigarette mit einem Streichholz aus seiner Schachtel anzündete, raunte ich ihm hinter den Händen zu: »Das Früchtchen da in den bunten Fetzen – folge ihm. Ich komm hinter dir her. Ich kenn ihn nicht, aber wenn er Beno abserviert hat, weil er gestern abend mit mir geredet hat, dann kennt er mich. Ihm nach!«

Jack steckte seine Schachtel ein und ging dem Jungen nach. Ich ließ Jack einen Vorsprung und folgte ihm. Da passierte etwas Interessantes.

Die Straße war ziemlich belebt, meistens Männer – einige gingen, andere lungerten an den Ecken und vor den Limonadenbuden herum. Als der junge Armenier die Ecke einer Gasse erreichte, wo eine Laterne stand, traten zwei Männer auf ihn zu und sprachen auf ihn ein, wobei sie sich teilten, so daß er zwischen ihnen war. Der Junge wollte wohl weitergehen – anscheinend ohne sie zu beachten –, aber jetzt stoppte ihn einer, indem er einen Arm vor ihm ausstreckte. Der andere Mann zog seine rechte Hand aus seiner Tasche und fuchtelte damit vor dem Gesicht des Jungen herum, so daß die vernickelten Knöchelchen unter der Lampe glänzten. Der Junge tauchte blitzschnell unter der bedrohlichen Hand und dem ausgestreckten Arm weg, überquerte die Gasse, ohne sich zu beeilen, ohne sich auch nur über die Schulter nach den beiden Männern umzusehen, die dicht hinter ihm herliefen.

Bevor sie ihn wieder eingeholt hatten, holte ein anderer sie ein – ein breitschultriger, langarmiger, affenartiger Mann, den ich bisher noch nicht gesehen hatte. Jeder Arm griff sich einen Mann. Er packte sie beide am Genick, riß sie von dem Jungen weg, schüttelte sie, bis ihre Hüte abfielen, und stieß ihre beiden Köpfe mit einem Krachen gegeneinander, das sich wie das Brechen eines Besenstiels anhörte, und schleifte ihre Körper wie leere Säcke in eine Gasse und außer Sicht. Während dies alles passierte, marschierte der Junge vergnügt weiter die Straße entlang, ohne sich umzusehen.

Als der Schädelknacker wieder aus der Gasse hervorkam, sah ich sein Gesicht im Licht – ein dunkles grobes Gesicht, breit und flach, dessen Kinnmuskeln wie Geschwülste unter den Ohren hervortraten. Er spuckte, zog sich die Hosen hoch und stolzierte dann hinter dem Jungen her.

Der Junge ging in Larrouys Kneipe. Der Schädelknacker folgte ihm. Der Junge kam wieder raus, und hinter ihm – vielleicht in sieben Meter Abstand – stampfte der Schädelknakker. Jack war nach ihnen zu Larrouy's reingegangen, während ich draußen geblieben war.

»Noch immer Telegrammbote?« fragte ich.

»Ja. Er hat hier mit fünf Leuten geredet. Gute Portion Leibwache hat der, was?«

»Allerdings«, stimmte ich bei. »Sei lieber vorsichtig, daß du ihnen nicht in die Quere kommst. Wenn sie sich trennen, halt ich mich an den Schädelknacker, und du nimmst das Gänschen.«

Wir gingen auseinander und beschatteten unser Wild. Sie führten uns in alle Spelunken von San Franzisko, in die Kabaretts, Schmieren, Billardsäle, Bars, Nachtasyle, Pfandhäuser, Spielhöllen und was es sonst noch alles gibt. Überall fand das Jüngelchen Leute, denen er sein Dutzend Worte erzählen konnte, und zwischen den Stationen traf er welche an Straßenecken.

Ich hätte mir einige dieser Vögel gern genauer angesehen, aber ich wollte Jack nicht mit dem Jungen und seiner Leibwache allein lassen – sie schienen uns zu wichtig. Ich konnte Jack auch wieder nicht auf einen der anderen ansetzen, denn es war für mich nicht ratsam, dem armenischen Knaben zu dicht auf den Fersen zu sein. Also machten wir mit dem Spiel weiter, wie es angefangen hatte, und beschatteten unser Duo die ganze Nacht von einer Spelunke zur anderen, bis die Nacht auf den Morgen zu ging.

Es war ein paar Minuten nach Mitternacht, als sie aus einem kleinen Hotel in der Kearny Street heraustraten, und nun gingen sie zusammen; das erste Mal, seit wir sie im Auge hatten. Sie gingen Seite an Seite vor zur Green Street, wo sie sich den Telegraph Hill entlang nach Osten wandten. Einen halben Block weiter stiegen sie die Stufen zu einem wackeligen Logierhaus hinauf und verschwanden da. An der Ecke, wo er angehalten hatte, gesellte ich mich wieder zu Jack Counihan.

»Die Grüße sind jetzt wohl alle bestellt«, vermutete ich, »sonst hätte er wohl die Leibwache nicht reinkommen lassen. Wenn sich in der nächsten halben Stunde hier nichts rührt, hau ich ab. Du mußt eben bis zum Morgen vor der Bude Wache halten.«

Nach zwanzig Minuten kam der Schädelknacker aus dem Haus und ging die Straße vor.

»Ich nehme ihn«, sagte ich. »Halt du dich an das andere Püppchen.«

Der Schädelknacker machte zehn oder zwölf Schritte vom Haus fort, dann hielt er an. Er schaute auf das Haus zurück, hob den Kopf, um zum Obergeschoß zu blicken. Da konnten Jack und ich hören, was ihn zum Stehen gebracht hatte. In dem Haus oben brüllte ein Mann. Was die Lautstärke anging, war es kein besonderes Gebrüll. Sogar jetzt, da es stärker geworden war, erreichte es gerade eben unsere Ohren. Aber in ihm – in dieser einen jammernden Stimme – schien die Todesangst eines ganzen Wesens sich auszuschreien. Ich hörte, wie Jacks Zähne klapperten. Ich habe eine Hornhaut über allem, was von meiner Seele noch übrig ist, aber dennoch zuckte mein Hirn zusammen. Der Schrei war, für seinen Inhalt, so elend schwach.

Der Schädelknacker bewegte sich. Fünf fliegende Schritte brachten ihn zum Haus zurück. Er berührte nicht eine der sieben Stufen zur Haustür. Er gelangte mit einem Satz vom Weg zum Vorplatz; in dieser Schnelligkeit, Leichtigkeit und Lautlosigkeit hätte ihm das kein Affe nachgemacht. Eine Minute, zwei Minuten, drei Minuten, und das Schreien hörte auf. Noch drei Minuten, und der Schädelknacker verließ das Haus wieder. Er stoppte kurz auf dem Trottoir, um zu spucken und seine Hosen hochzuziehen. Dann stolzierte er fort, die Straße vor.

»Der gehört dir jetzt, Jack«, sagte ich. »Ich werde den Jungen besuchen. Der wird mich jetzt nicht erkennen.«

Die Haustür des Logierhauses war nicht nur nicht verschlossen, sondern weit offen. Ich trat ein und in eine Diele, wo eine Treppe von oben durch eine düstere Lampe schwach beleuchtet wurde. Ich stieg hinauf und wandte mich der Vorderseite des Hauses zu. Der Schrei war von vorne gekommen, entweder von dieser Etage oder der dritten. Es war gut möglich, daß der Schädelknacker die Zimmertür offen gelassen hatte, ebenso, wie er sich nicht die Mühe gemacht hatte, die Haustür zu schließen.

Im zweiten Stock hatte ich kein Glück, aber der dritte Türknopf, den ich im dritten Stock vorsichtig drehte, ließ die Tür ein wenig nachgeben. Ich stand vor dem Spalt und wartete einen Augenblick; ich hörte nichts anderes als ein gurgelndes Schnarchen weiter vorne im Gang. Ich legte einen Handballen an die Tür und öffnete sie vorsichtig eine Handbreit. Kein Ton. Das Zimmer war so schwarz wie die Zukunft eines ehrlichen Politikers. Ich ließ meine Hand über den Türrahmen und ein paar Zentimeter Tapete gleiten, fand den Lichtschalter, drückte ihn. Zwei Birnen in der Mitte des Zimmers warfen ihr schwaches Licht auf das schäbige Zimmer und auf den jungen Armenier, der quer über dem Bett lag – tot.

Ich trat in das Zimmer, schloß die Tür und ging zum Bett. Die Augen des Jungen waren weit aufgerissen und vorgequollen.

Eine seiner Schläfen war angekratzt. Ein roter Schlitz klaffte in seiner Kehle – er ging buchstäblich von einem Ohr zum anderen. Über und unter dem Schnitt, an den wenigen Stellen, die nicht blutüberströmt waren, sah man dunkle Stellen auf dem Hals. Der Schädelknacker hatte den Jungen mit einem Schlag gegen die Stirn umgelegt und ihn dann gewürgt, bis er ihn für tot hielt. Aber der Junge war wieder soweit zu sich gekommen, daß er schrie – aber nicht weit genug, um nicht mehr zu schreien. Der Schädelknacker war zurückgekehrt und hatte die Arbeit mit dem Messer fertig gemacht. Drei Striemen auf dem Bettzeug zeigten, wo das Messer abgewischt worden war.

Man sah das Futter von den Taschen des Jungen. Der Schädelknacker hatte sie umgedreht. Ich durchwühlte seine Kleider nochmal, hatte aber, wie erwartet, kein Glück – der Mörder hatte alles an sich genommen. Mit dem Zimmer konnte ich nichts anfangen – ein paar Kleider, aber nicht das geringste, aus dem man irgend etwas Wissenswertes ablesen konnte.

Nachdem ich alles abgesucht hatte, stand ich mitten im Zimmer, kratzte mir das Kinn und dachte nach. Auf dem Gang quietschte der Boden. Drei Schritte rückwärts auf meinen Gummiabsätzen brachten mich in einen dumpf riechenden Schrank, wobei ich die Tür bis auf einen Zentimeter hinter mir zuzog. Fingerknöchel machten ein Geräusch an der Zimmertür, während ich meinen Revolver zog. Die Knöchel klopften wieder, und eine weibliche Stimme sagte: »Ach, Junge, ach, Junge!« Weder das Klopfen noch die Stimme waren laut. Der Knopf drehte sich, das Schloß klickte. Die Tür öffnete sich, und das Mädchen mit den verschlagenen Augen, das von Angel Grace Sylvia Yount genannt worden war, wurde sichtbar.

Ihre Augen verloren vor Überraschung ihre Verschlagenheit, als sie den Jungen erreichten.

»Heiliger Strohsack«, flüsterte sie und war weg.

Ich war halb aus dem Schrank, als ich hörte, wie sie auf Zehenspitzen zurückkam. Ich wartete – wieder in meinem Versteck – und lugte durch den Türschlitz. Sie kam rasch herein, schloß leise die Tür, ging zu dem toten Jungen und beugte sich über ihn. Ihre Hände glitten an ihm hin und her und durchforschten die Taschen, deren Futter ich wieder reingesteckt hatte.

»Verdammtes Pech«, sagte sie laut, als sie mit der ergebnislosen Wühlerei zu Ende war, und verließ das Haus.

Ich ließ ihr Zeit, bis sie das Trottoir erreicht hatte. Sie ging in Richtung Kearny Street, als ich das Haus verließ. Ich beschattete sie, während sie durch die Kearny zum Broadway und vom Broadway zu Larrouy's ging. Bei Larrouy's war 'ne Menge los, vor allem in der Nähe der Tür, wo die Gäste kamen und gingen. Ich war zwei Meter hinter ihr, als das Mädchen einen Kellner anhielt und fragte: »Ist Red hier?«; ihr Flüstern war erregt genug, um hörbar zu sein.

Der Kellner schüttelte den Kopf. »War 'n ganzn Amd nich hier.«

Das Mädchen verließ das Lokal und eilte auf klappernden Absätzen zu einem Hotel in der Stockton Street.

Während ich vorne durch die Glaswand schaute, ging sie zum Empfang und redete mit dem Portier. Der schüttelte den Kopf. Sie sagte wieder etwas, und er gab ihr einen Umschlag und Papier, auf das sie, neben der Kasse, mit einem Füller etwas kritzelte. Bevor ich mich in eine sichere Stellung zurückzog, von der aus ich sie weiter verfolgen konnte, sah ich, in welches Postfach das Billett geschoben wurde.

Vom Hotel fuhr das Mädchen mit der Straßenbahn zur Ecke Market und Powell Street, ging auf der Powell bis zur O'Farrell, wo ein junger Mann mit fettem Gesicht in einem grauen Mantel von der Ecke auf sie zuging; sie hängte sich bei ihm ein, und er führte sie zu einem Taxistand in der O'Farrell Street. Ich ließ sie fahren und notierte mir die Taxinummer; der Mann mit dem dicken Gesicht sah mehr wie ein Kunde als wie ein Kumpel aus.

Es war kurz vor zwei Uhr morgens, als ich zur Market Street zurückkam und ins Büro hinaufging. Fiske, der Nachtdienst in der Agentur hatte, sagte, daß Jack Counihan sich nicht gemeldet hätte; auch sonst gab es nichts Neues. Ich bat ihn, einen Detektiv für mich aufzustöbern, und nach zehn oder fünfzehn Minuten gelang es ihm, Mickey Linehan aus dem Bett und ans Telefon zu holen.

»Hör mal, Mickey«, sagte ich. »Ich habe eine hübsche Ecke ausgesucht, wo du den Rest der Nacht verbringen kannst. Also steck dir die Windeln fest und komm mal hergewatschelt, ja?«

Während er murrte und fluchte, gab ich ihm den Namen und die Nummer des Hotels in der Stockton Street, beschrieb ihm Red O'Leary und erzählte ihm, in welches Fach das Briefchen gesteckt worden war.

»Vielleicht wohnt Red da nicht, aber der Möglichkeit sollte man nachgehen«, sagte ich zum Schluß. »Wenn du ihn hast, dann paß auf, daß du ihn nicht verlierst, bis ich jemand hingeschickt habe, der ihn dir abnimmt.« Ich hängte ein während einer lästerlichen Fluchkanonade.

Im Polizeipräsidium war viel los, als ich dort hinkam, obgleich noch niemand versucht hatte, das Gefängnis im Obergeschoß zu stürmen. Alle paar Minuten wurden neue Ladungen von verdächtigen Typen hereingeführt. Überall Polizisten, in und ohne Uniform. Die Kriminalabteilung war wie ein Bienenstock.

Ich tauschte meine Informationen mit den Kriminalbeamten aus und berichtete ihnen über den armenischen Jungen. Wir stellten eine Gruppe zusammen, die die sterblichen Reste besichtigen sollte, als die Tür zum Chefbüro sich öffnete und Leutnant Duff in den Vorraum trat.

»Allez hopp!« rief er und wies mit einem dicken Finger auf O'Gar, Tully, Reecher, Hunt und mich. »In der Fillmore is was, das sollt ihr euch anschauen.«

Wir gingen hinter ihm raus, zu einem Wagen.

Unser Ziel war ein graues Holzhaus in der Fillmore Street. In der Straße stand ein Haufen Menschen und blickte auf das Haus. Davor stand ein Polizeiauto, und Polizeiuniformen sah man innen und außen.

Ein Polizeikorporal mit rotem Schnurrbart salutierte vor Duff und ließ uns ins Haus; beim Gehen erklärte er uns: »Die Nachbarn haben uns darauf gebracht, die haben sich über die Schlägerei beschwert; aber als wir herkamen, war niemand mehr da, der schlagen konnte.«

Alles, was das Haus enthielt, waren vierzehn Tote.

Elf von ihnen waren vergiftet worden – Überdosis Veronal im Schnaps, sagte der Doktor. Drei andere waren erschossen worden – den Flur entlang, in Abständen. Nach den Überresten war zu schließen, daß sie einander zugeprostet hatten – mit dem angereicherten Getränk – und daß die, die nicht getrunken hatten – ob nun aus Mäßigkeit oder Mißtrauen –, beim Fluchtversuch niedergeschossen worden waren.

Den Personalien der Leichen konnten wir entnehmen, worauf sie getrunken hatten. Sie waren alle Diebe – sie hatten ihr Gift auf die Beute des Tages getrunken.

Zu der Zeit kannten wir noch nicht alle die Toten, aber jeder von uns kannte einige, und aus der Kartei konnten wir später erfahren, wer die übrigen waren. Die vollständige Liste hörte sich an wie das ›Who's Who‹ der Langfinger.

Da war Kid Dis-and-Dat, der gerade erst vor zwei Monaten aus Fort Leavenworth ausgebrochen war; Sheeny Holmes; Snohomish Shitey, der angeblich 1919 in Frankreich als Held gefallen war; L. A.-Slim aus Denver, wie immer ohne Socken und Unterwäsche – unter jeder Schulter seines Jacketts war eine Tausend-Dollar-Note eingenäht; Girrucci, die Spinne, der unter dem Hemd eine Weste aus gewebtem Stahl und vom Scheitel bis zum Kinn eine Narbe trug, wo sein Bruder ihn vor Jahren geschlitzt hatte; Old Pete Best, der mal Kongreßabgeordneter gewesen war; Nigger Vojan, der mal in Chikago beim Würfeln 175 000 Dollar gewonnen hatte – an drei Stellen war ›Abracadabra‹ auf ihm tätowiert; Alphabet Shorty McCoy; Tom Brooks, Alphabets Schwager, der sich die große Sauforgie in Richmond ausgedacht hatte und von dem Profit drei Hotels gekauft hatte; Red Cudahy, der 1924 einen Zug der Union Pacific überfiel; Denny Burke; Bull McGonickle, noch immer blaß von seinen 15

Jahren in Joliet; Toby Henkelohr, Bulls Spießgeselle, der so gerne prahlte, er habe Präsident Wilsons Brieftasche in einem Washingtoner Musicaltheater gefingert; und Mexiko-Paddy.

Duff sah sie sich alle an und pfiff. »Noch ein paar Späße von dieser Sorte, und wir sind arbeitslos. Dann gibt's keine Gauner mehr, vor denen wir den Steuerzahler schützen sollen.«

»Es freut mich, daß Ihnen das gefällt«, sagte ich zu ihm. »Wenn Sie mich fragen – ich wäre in den nächsten Tagen alles lieber als ein Polyp in San Franzisko.«

»Wieso eigentlich?«

»Passen Sie mal auf: hier ist doch ein Haufen Leute reingelegt worden. Die Stadt hier wimmelt doch von Banditen, die bloß drauf warten, daß ihre Auftraggeber ihnen ihren Anteil zahlen. Was glauben Sie wohl, was passiert, wenn es sich rumspricht, daß für keinen von der Bande etwas rausspringt? Dann haben wir mehr als hundert Ganoven, die auf dem trockenen sitzen und sich schnell ihr Fahrgeld besorgen werden. Drei Einbrüche pro Block, an jeder Ecke einen Überfall – bis alle Fahrkarten bezahlt sind. Gott segne Sie, mein Sohn, jetzt können Sie mal schwitzen für Ihr Gehalt.«

Duff zuckte die Achseln und stieg über die Leichen zum Telefon. Als er fertig war, rief ich die Agentur an.

»Vor ein paar Minuten hat Jack Counihan angerufen«, erzählte mir Fiske und gab mir eine Adresse in der Army Street. »Er sagte, dort hat er seinen Mann gelassen – in Gesellschaft.«

Ich ließ mir ein Taxi kommen und sagte dann zu Duff: »Ich lauf mal ein bißchen los. Ich ruf Sie an, wenn was Besonderes ist oder wenn nichts ist. Warten Sie hier?«

»Wenn's nicht zu lange dauert.«

Ich verließ das Taxi zwei Blocks vor der Adresse, die Fiske mir gegeben hatte, ging die Army Street entlang, bis ich auf Jack Counihan stieß, der an einer dunklen Ecke Posten stand.

»Ich hab Pech gehabt«, war seine Begrüßung. »Während ich von einem kleinen Lokal weiter vorn telefonierte, sind mir einige von meinen Leuten durch die Lappen gegangen.«

»Soso. Was war denn los?«

»Nachdem unser Menschenaffe das Haus verlassen hatte, fuhr er mit der Bahn zu einem Haus in der Fillmore Street, und –«

»Welche Nummer?«

Die Nummer, die Jack mir nannte, war eben die von dem Totenhaus, das ich grade verlassen hatte.

»Während der nächsten zehn oder fünfzehn Minuten gingen fast ebenso viele Typen da rein. Dann schienen sie alle in dem Haus recht aufgebracht zu sein – es gab allerlei Geschrei und Schießerei. Das ging so lang, daß die ganze Nachbarschaft geweckt wurde. Als das zu Ende war, kamen zehn Männer – ich hab sie gezählt – aus dem Haus gerannt, zwängten sich in zwei Autos und fuhren fort. Mein Mann war auch dabei.

Ich in meinem treuen Taxi mit Hurra ihnen nach; sie führten uns hierher in dieses Haus da unten in der Straße, wo einer von ihren Wagen noch steht. Nach ungefähr einer halben Stunde dachte ich, ich gebe besser Nachricht; ich ließ mein Taxi hier um die Ecke – es steht da noch immer mit tickender Uhr –, und ich ging Fiske anrufen. Als ich zurückkam, war einer von den Wagen fort, und – begieß mich mit Jauche – wer drin wegfuhr, weiß ich nicht. Bin ich nicht mies?«

»Klar! Du hättest ihre Autos mit zum Telefon nehmen sollen! Jetzt paß mal auf das restliche Auto auf, während ich meine Muskelmänner-Patrouille zusammenstelle.«

Ich ging zu dem kleinen Lokal und rief Duff an; ich erzählte, wo ich war, und »Wenn Sie Ihre Bande mitbringen, springt da was raus. Ein paar Wagenladungen von Leutchen, die in der Fillmore Street waren und nicht dort blieben, sind hierher gekommen, ein Teil davon ist vielleicht noch da, wenn Sie schnell machen.«

Duff brachte seine vier Kriminalen und ein Dutzend uniformierte Leute mit. Wir gingen von vorn und von hinten gegen das Haus vor. Es wurde keine Zeit mit Klingeln verschwendet. Wir brachen einfach die Türen auf und gingen rein. Innen war alles schwarz, bis die Taschenlampen es hell machten. Es gab keinen Widerstand. Normalerweise hätten die sechs Männer, die wir dort trafen, uns trotz unserer Überzahl ziemlich zu schaffen gemacht. Aber dafür waren sie zu tot.

Wir sahen uns an, irgendwie mit offenem Mund.

»Allmählich wird's monoton«, klagte Duff und biß sich ein kräftiges Stück Tabak ab. »Alle machen immer wieder so ziemlich das gleiche, aber ich hab jetzt genug davon, in lauter Zimmer voll geschlachteter Ganoven zu treten.«

Der Katalog enthielt diesmal weniger, aber dafür größere Namen. Shivering Kid war hier – keiner konnte jetzt die ganzen auf ihn ausgesetzten Belohnungen einkassieren; Darby McLaughlin, mit seiner Hornbrille schief auf der Nase und Brillanten für zehntausend Dollar an den Fingern und am Schlips; Happy Jim Hacker; Donkey Marr – der letzte der o-beinigen Marrs, die alle Killer gewesen waren, der Vater und fünf Söhne; Toots Salda, der stärkste Mann der Unterwelt, der mal zwei Polizisten in Savannah, an denen er mit Handschellen befestigt war, hochgehoben und mit ihnen fortgelaufen war; Rundum Smith, der 1916 in Chikago Lefty Read umgelegt hatte – um sein linkes Handgelenk war ein Rosenkranz gewickelt.

Hier war nicht säuberlich vergiftet worden – diese Burschen waren mit einem .30-.30-Automatic-Gewehr niedergemäht worden, das einen selbstgemachten, aber wirksamen Schalldämpfer hatte. Das Gewehr lag auf dem Küchentisch. Die Küche war mit dem Eßraum durch eine Tür verbunden. Genau gegenüber dieser Tür war eine – weit offene – Doppeltür zu dem Raum, wo die toten Diebe lagen. Sie lagen alle nahe an der vorderen Wand, als hätte man sie zum Abschießen dort aufgestellt.

Die grau tapezierte Wand war blutbespritzt und an einigen Stellen durchlöchert – dort, wo ein paar Kugeln direkt durchgegangen waren. Jack Counihans Augen fanden einen Fleck, der nicht durch die Schießerei entstanden war. Er war nahe am Boden, neben Shivering Kid, und Kids rechte Hand war blutverschmiert. Er hatte, bevor er starb, an die Wand geschrieben – mit Fingern, die er in das eigene und in Toots Saldas Blut getunkt hatte.

Die Buchstaben der Worte waren abgerissen und lückenhaft und krumm und schief, da er sie wohl im Dunkeln geschrieben hatte.

Wenn man die Lücken ausfüllte, die Ausrutscher übersah und dort, wo man nicht weiterkam, weiterriet, so ergaben sich zwei Worte: *Big Flora.*

»Mir sagt das gar nichts«, sagte Duff, »aber es ist ein Name, und die meisten Namen, die wir haben, gehören jetzt zu toten Leuten; also wird's Zeit, daß wir die Liste vervollständigen.«

»Was haben Sie für eine Erklärung?« fragte der kugelköpfige O'Gar, ein Kriminalleutnant der Mord-Abteilung, während er sich die Leichen ansah. »Ihre Genossen fielen über sie her, stellten sie an der Wand auf, und dann schoß sie der Scharfschütze aus der Küche nieder – päng – päng – päng – päng – päng?«

»So sieht's aus«, sagten wir.

»Zehn sind von der Fillmore Street hierhergekommen«, sagte ich. »Sechs blieben hier. Vier fuhren in das nächste Haus, wo sie sich wahrscheinlich zur Zeit abschlachten. Wir brauchen bloß von Haus zu Haus den Leichen nachzugehen, bis nur noch ein Mann übrig ist – und der muß schließlich auch konsequent sein und sich selber kaltmachen – unter Hinterlassung der Beute in Originalverpackung. Ich hoffe, ihr Leutchen müßt nicht die ganze Nacht aufbleiben, um die Reste des letzten Banditen aufzutreiben. Komm Jack, wir wollen nach Hause und ein bißchen schlafen.«

Es war genau fünf Uhr morgens, als ich die Bettdecke aufschlug und in mein Bett kroch. Ich schlief schon, bevor der letzte Zug meiner Betthupfer-Fatima aus meinen Lungen verdampft war. Das Telefon weckte mich um 5 Uhr 15.

Fiske war am Apparat. »Mickey Linehan hat eben telefoniert, daß dein Red O'Leary vor einer halben Stunde zu seiner Schlafstatt heimgekehrt ist.«

»Laß die ihn schnappen«, sagte ich; um 5 Uhr 17 schlief ich wieder.

Mit Hilfe eines Weckers rollte ich mich um neun aus dem Bett, frühstückte und ging ins Büro der Kriminalpolizei, um zu sehen, was sie mit dem Rotschopf erreicht hatten. Toll war's nicht.

»Wir sitzen fest«, sagte der Captain. »Er hat Alibis für die Zeit des Überfalls und für die Geschichten von heut nacht. Wir können den Saukerl noch nicht mal wegen Landstreicherei drankriegen. Er hat einen Lebensunterhalt. Er ist Verkäufer von Humpernickels Universal-Enzyklopädie des nützlichen und wertvollen Wissens oder so was Ähnliches. Am Tag vor dem großen Schlag war er mit dem Verkauf dieses Artikels beschäftigt, und während es passierte, klapperte er Häuser ab und wollte den Leuten seine verdammten Scharteken aufschwätzen. Jedenfalls hat er drei Zeugen dafür. Vorige Nacht war er von elf bis vier Uhr dreißig morgens in einem Hotel Kartenspielen – auch dafür hat er Zeugen. Wir haben nicht das geringste bei ihm oder in seinem Zimmer gefunden.«

Ich lieh mir sein Telefon aus und rief bei Jack Counihan an.

»Könntest du irgendeinen der Leute identifizieren, die du heute nacht in den beiden Wagen gesehen hast?« fragte ich ihn, als man ihn aus dem Bett gescheucht hatte.

»Nee. Es war dunkel, und sie fuhren zu schnell. Ich konnte mit Mühe meinen Mann ausmachen.«

»So, kannste nicht«, sagte der Captain. »Also, ich kann ihn ohne formale Anklage für vierundzwanzig Stunden festhalten, und das werde ich tun. Aber wenn ihr nicht irgendwas gegen ihn ausgrabt, muß ich ihn dann loslassen.«

»Wie wär's, wenn Sie ihn jetzt laufen lassen«, schlug ich vor, nachdem ich ein paar Minuten über einer Zigarette nachgedacht hatte. »Er hat Alibis bis zur Halskrause, also hat er keinen Grund, sich vor uns zu verkriechen. Wir lassen ihn den ganzen Tag in Ruhe, bis er sicher ist, daß niemand hinter ihm her ist – und heute abend hängen wir uns an ihn und bleiben dran. Irgendwas Neues über Big Flora?«

»Nein. Der Junge, der in der Green Street gekillt wurde, war

Bernie Bernheimer, alias Motsa Kid. Ich glaube, er war ein Taschendieb – er war mit Taschendieben zusammen – aber er war nicht –«

Telefonsummen unterbrach ihn. Er sagte: »Tag – ja«, und »einen Moment«, und schob dann den Apparat über den Schreibtisch zu mir.

Eine weibliche Stimme: »Hier spricht Grace Cardigan. Ich habe Ihre Agentur angerufen, und die haben mir gesagt, wo Sie sind. Ich muß Sie sprechen. Können Sie mal herkommen?«

»Wo sind Sie?«

»Im Postamt an der Powell Street.«

»Ich bin in fünfzehn Minuten dort«, sagte ich.

Ich rief die Agentur an, erwischte Dick Foley und verabredete mich mit ihm an der Ecke Ellis und Market – sofort. Dann erstattete ich dem Captain sein Telefon zurück, sagte »Bis später« und machte mich auf zu meinen Treffpunkten.

Dick Foley stand an der Ecke, als ich hinkam. Er war ein dunkler kleiner Kanadier, der auf seinen hochhackigen Schuhen beinahe einssechzig war, knapp hundert Pfund wog, redete, wie ein Schotte telegrafiert, und der einen Wassertropfen vom Golden Gate bis nach Hongkong beschatten konnte, ohne ihn zu verlieren.

»Kennst du Angel Grace Cardigan?« fragte ich ihn.

Er sparte sich ein Wort, indem er den Kopf schüttelte.

»Ich habe eine Verabredung mit ihr im Postamt. Wenn ich damit fertig bin, bleibst du hinter ihr. Sie ist clever, und sie wird auf dich achten, also ein Kinderspiel wird's nicht, aber sieh zu, was du tun kannst.«

Dick bog die Mundwinkel abwärts und hatte einen seiner seltenen Anfälle von Ausführlichkeit: »Die Schärfsten sind die Leichtesten«, sagte er.

Er schlenderte hinter mir her, während ich zum Postamt vorging. Angel Grace stand im Eingang. Ihr Gesicht war mürrischer, als ich es je vorher gesehen hatte, deshalb auch weniger hübsch – bis auf ihre grünen Augen, in denen für Trübsinn zuviel

Feuer war. In einer Hand hielt sie eine zusammengerollte Zeitung. Sie sagte nichts, lächelte nicht und nickte nicht.

»Gehen wir zu Charley's, da können wir reden«, sagte ich und geleitete sie an Dick Foley vorbei.

Sie brachte nicht mal ein Murmeln heraus, bevor wir uns in dem Restaurant an einem Tisch gegenübersaßen und der Kellner mit den Bestellungen abgezogen war. Dann breitete sie mit zitternden Händen die Zeitung auf dem Tisch aus.

»Stimmt das?« fragte sie.

Ich warf einen Blick auf die Meldung, auf die sie mit bebendem Finger zeigte – einen Bericht über die Vorfälle in der Fillmore und der Army Street – aber einen vorsichtigen Bericht. Ein Blick zeigte mir, daß keine Namen genannt wurden und daß die Polizei die Geschichte ziemlich stark zensiert hatte. Während ich so tat, als läse ich, überlegte ich, ob es von Vorteil sein könne, wenn ich die Geschichte dem Mädchen gegenüber als erfunden bezeichnete. Einen deutlichen Nutzen konnte ich nicht daraus ableiten, also bewahrte ich meine Seele vor einer Lüge.

»Stimmt so ziemlich«, gab ich zu.

»Waren Sie dort?« Sie wischte die Zeitung beiseite, so daß sie zu Boden fiel, und beugte sich über den Tisch.

»Mit der Polizei.«

»War –«, sie brach heiser ab. Ihre weißen Finger knüllten die Tischdecke zwischen uns zu zwei kleinen Knäueln. Sie räusperte sich. »Wer war –?« brachte sie jetzt heraus.

Pause. Ich wartete. Ihre Augen senkten sich, jedoch erst, nachdem ich gesehen hatte, wie ihr Feuer durch das Wasser gebrochen wurde. Während der Pause kam der Kellner, stellte unser Essen hin und ging wieder.

»Sie wissen, was ich fragen will«, sagte sie nun mit leiser erstickter Stimme. »Wer er? Wer er? – Um Gottes willen, reden Sie!«

Ich wog meine Antwort – Wahrheit gegen Lüge, Lüge gegen Wahrheit. Und wieder triumphierte die Wahrheit.

»Mexiko-Paddy ist in dem Haus in der Fillmore Street erschossen worden – ermordet«, sagte ich.

Die Pupillen ihrer Augen zogen sich zu Stecknadelköpfen zusammen und vergrößerten sich wieder bis fast zur Größe der grünen Iris. Sie gab keinen Ton. Ihr Gesicht war leer. Sie nahm eine Gabel und hob eine Gabel voll Salat an ihren Mund. Ich griff über den Tisch weg und nahm ihr die Gabel aus der Hand.

»Sie machen Ihr Kleid schmutzig«, brummte ich. »Sie können nicht essen, wenn Sie den Mund dabei nicht aufmachen.«

Sie streckte ihre Hände über den Tisch; zitternd ergriff sie die meinen und hielt meine Hände mit Fingern, die sich krümmten, so daß sie mich mit den Nägeln kratzte.

»Sie lügen mich doch nicht an?« Sie schluchzte und krächzte zugleich. »Sie sind in Ordnung! Sie waren damals anständig zu mir, in Philadelphia! Paddy hat immer gesagt, Sie wären ein anständiger Schnüffler! Sie legen mich nicht rein, oder?«

»Nein. Es stimmt«, sagte ich. »Paddy hat Ihnen viel bedeutet?«

Sie nickte dumpf, riß sich zusammen und versank wieder in eine Art von Benommenheit.

»Man könnte sich dafür revanchieren«, regte ich an.

»Sie meinen –?«

»Reden.«

Sie sah mich lange leer an, als ob sie versuchte, hinter den Sinn meiner Worte zu kommen. Ich las ihre Antwort aus ihren Augen, bevor sie sie aussprach.

»Mein Gott, ich wollte, ich könnte! Aber ich bin die Tochter von Karton-John Cardigan. Ich bring's nicht fertig, jemanden zu verpfeifen. Sie sind auf der falschen Seite. Ich kann nicht überlaufen, ich wünschte, ich könnt's. Aber ich hab zuviel Cardigan in mir. Ich hoffe bloß, daß Sie die festnageln, daß Sie sie ein für allemal festnageln, aber –«

»Sie haben edle Gefühle, oder jedenfalls Worte«, sagte ich ironisch. »Wer glauben Sie denn, daß Sie sind? Jeanne d'Arc? Wäre Ihr Bruder Frank jetzt im Gefängnis, wenn sein Partner, Johnny der Klempner, der Polente von Great Falls nicht den Tip gegeben hätte? Wach auf, Liebling! Man ist Dieb unter Dieben, und wer den anderen nicht reinlegt, kommt selber um. Wer hat Mexiko-Paddy umgelegt? Die eigenen Genossen! Aber Sie dürfen's denen nicht heimzahlen, weil's gegen die Ehre geht! Mein Gott!«

Meine Ansprache machte ihr Gesicht nur noch übellauniger.

»Ich werde es heimzahlen«, sagte sie. »Aber nicht mit Ihnen. Ich kann Ihnen nichts sagen. Wenn Sie von uns wären, dann – jedenfalls, wenn ich mir Hilfe hole, dann von meinen Leuten. Lassen Sie es gut sein, ja? Ich weiß, was Sie drüber denken; aber – würden Sie mir sagen, wer außerdem – wer sonst noch – in diesen Häusern gefunden worden ist?«

»O gewiß!« knurrte ich. »Alles sage ich Ihnen. Melken Sie mich nur ordentlich! Aber mir brauchen Sie keinerlei Tips geben, denn es könnte sich ja nicht mit den moralischen Grundsätzen Ihres äußerst ehrenwerten Gewerbes vertragen!«

Sie tat, als hätte sie alles nicht gehört – typisch weiblich; sie fragte noch mal: »Wer noch?«

»Nichts da. Aber ich tu Ihnen einen anderen Gefallen: Ich sage Ihnen mal zwei, die *nicht* darunter waren – Big Flora und Red O'Leary.«

Ihre Betäubung war verflogen. Sie betrachtete mein Gesicht mit dunklen und wilden Augen.

»War Bluepoint Vance dort?« fragte sie.

»Raten Sie mal«, antwortete ich.

Sie betrachtete mein Gesicht noch einen Augenblick und erhob sich.

»Danke, daß Sie mir das gesagt haben«, sagte sie, »und daß Sie überhaupt gekommen sind. Ich hoffe, Sie schaffen es.«

Sie ging hinaus, um von Dick Foley beschattet zu werden. Ich aß zu Mittag.

Um vier Uhr nachmittags plazierten Jack Counihan und ich unser Mietauto so, daß wir den Haupteingang des Stockton Hotels sehen konnten.

»Bei der Polizei liegt nichts gegen ihn vor, also ist kein Grund, warum er fortgezogen sein sollte – glaube ich«, sagte ich zu Jack, »ich will auch lieber mit dem Hotelpersonal nichts versuchen, da ich die nicht kenne. Wenn er sich später nicht zeigt, müssen wir uns eben an die Leute ranmachen.«

Wir machten es uns gemütlich, rauchten Zigaretten, debattierten darüber, wer der nächste Boxweltmeister würde, wo man guten Gin bekam und was man mit gutem Gin machte, über die Ungerechtigkeit, daß nach den neuen Spesen-Bestimmungen der Agentur Oakland nicht mehr außerhalb der Stadt war, und über andere aufregende Sachen, mit denen wir uns von vier Uhr bis zehn Minuten nach neun vergnügten.

Um 9 Uhr 10 kam Red O'Leary aus dem Hotel.

»Gott ist groß«, sagte Jack, sprang aus dem Wagen, um die Beinarbeit zu leisten, während ich mit dem Auto nachzog.

Er führte uns nicht weit, der feuerhaarige Riese. Larrouy's Eingangstür verschluckte ihn. Als ich den Wagen abgestellt hatte und in die Kneipe kam, hatten O'Leary und Jack schon jeder ihren Platz gefunden. Jacks Tisch war neben der Tanzfläche. O'Learys Tisch war am Rand des Etablissements, an der Wand, in der Nähe einer Nische. Ein fettes blondes Paar verließ gerade den Tisch in dieser Nische, als ich hereinkam, und ich überredete den Kellner, der mich führte, mir diesen Platz zu geben.

O'Learys Gesicht war mir zu drei Vierteln abgewandt. Er beobachtete die Eingangstür, beobachtete sie mit einer Ernsthaftigkeit, die sich plötzlich in Freude verwandelte, als dort ein Mädchen erschien. Es war das Mädchen, das Angel Grace Nancy Regan genannt hatte. Ich habe schon mal gesagt, daß sie hübsch war. Sie war es wirklich. Und das kecke blaue Hütchen, das ihre Haare an diesem Abend bedeckte, beeinträchtigte ihre Hübschheit keineswegs.

Der Rotschopf sprang auf und drängte einen Kellner und ein paar Gäste aus dem Weg, als er ihr entgegenlief. Als Lohn für seinen Eifer bekam er irgendein Schimpfwort, das er überhörte, und ein blauäugiges, weiß leuchtendes Lächeln, das eben – naja –

hübsch war. Er führte sie zu seinem Tisch und setzte sie auf einen Stuhl, so daß ich ihr Gesicht sah; er betrachtete sie andauernd.

Seine Stimme war ein raunender Bariton, aus dem meine Schnüfflerohren kein Wort heraushören konnten. Anscheinend hatte er ihr viel zu erzählen, und sie hörte zu, als ob es ihr gefiele.

»Aber Reddy, Liebling, das sollst du doch nicht!« sagte sie einmal. Ihre Stimme war – ich kenne auch andere Worte, aber bleiben wir dabei – hübsch. Abgesehen von einem leichten Hautgout hatte sie Klasse. Wer sie auch war, dieses Killer-Schätzchen, sie hatte entweder eine gute Kinderstube, oder sie hatte viel dazugelernt. Ab und zu, wenn das Orchester Luft schöpfte, konnte ich ein paar Worte auffangen, aber sie sagten mir nichts, außer daß weder sie noch ihr Spielkamerad irgend etwas aneinander auszusetzen hatten.

Das Lokal war fast leer gewesen, als sie hereinkam. So um zehn Uhr war es ziemlich voll, und zehn Uhr ist früh für Larrouys Gäste. Ich schenkte nun Reds Mädchen – auch wenn sie hübsch war – weniger Aufmerksamkeit, dafür meinen anderen Nachbarn immer mehr. Es fiel mir auf, daß nicht viele Frauen zu sehen waren. Ich prüfte das genauer und stellte fest, daß ich verdammt wenige Frauen sah – im Verhältnis zu den Männern. Männer, Männer; rattengesichtige Männer, adlergesichtige Männer, Männer mit massivem Kinn, Männer mit schlaffem Kinn, bleiche Männer, magere Männer, Männer, die komisch aussahen, Männer, die übel aussahen, gewöhnliche Männer – sie saßen zu zweit an einem Tisch, zu viert an einem Tisch, und immer mehr kamen rein – und verdammt wenige Frauen.

Diese Männer redeten miteinander, als seien sie an dem, was sie sagten, nicht sehr interessiert. Sie blickten sich zwanglos in der Kneipe um, und am ausdruckslosesten waren ihre Augen, wenn sie auf O'Leary blickten. Und jedesmal blieben diese zwanglosen, gelangweilten Blicke ein paar Sekunden auf O'Leary haften.

Ich lenkte meine Aufmerksamkeit wieder auf O'Leary und Nancy Regan. Er hatte sich nun etwas mehr auf seinem Stuhl aufgerichtet, aber es war immer noch eine lockere, geschmeidige Haltung; obgleich seine Schultern leicht gekrümmt waren, hatten sie nichts Krampfhaftes. Sie sagte etwas zu ihm. Er lachte und drehte sein Gesicht gegen die Mitte des Raumes, so daß es schien, als lachte er nicht nur über das, was sie sagte, sondern auch über die Männer, die wartend um ihn herum saßen. Es war ein kräftiges Lachen, jung und sorglos.

Einen Augenblick wirkte das Mädchen überrascht, als ob ihr irgendwas in dem Lachen komisch vorkam; dann fuhr sie mit ihrer Geschichte fort. Ich war nun sicher, daß sie nicht wußte, daß sie auf einem Pulverfaß saß. O'Leary wußte es. Jeder Zentimeter an ihm, jede Bewegung verkündete es: »Ich bin groß, stark, jung, skrupellos und rothaarig. Wenn ihr Burschen irgendwas von mir wollt – hier bin ich.«

Die Zeit glitt vorbei. Einige Paare tanzten. Jean Larrouy ging herum, sein rundes Gesicht war ängstlich. Seine Kneipe war gut gefüllt mit Gästen, aber es wäre ihm lieber gewesen, sie wäre leer.

Um elf Uhr stand ich auf und winkte Jack Counihan herüber. Er kam, wir gaben uns die Hand, sagten unser »Wie geht's« und »Es geht«, und dann setzte er sich an meinen Tisch.

»Was ist los?« fragte er, im Schutz des lärmenden Orchesters. »Sehen kann ich nichts, aber irgendwas liegt in der Luft. Oder drehe ich langsam durch?«

»Gleich wirst du rotieren. Die Wölfe rotten sich zusammen, und Red O'Leary ist das Lamm. Wenn man die Wahl hätte, könnte man vielleicht eines finden, das mürber ist. Aber diese Gorillas haben mal geholfen, eine Bank auszunehmen, und am Zahltag fanden sie nichts in der Lohntüte – noch nicht mal leere Tüten fanden sie. Nun sprach es sich rum, daß Red vielleicht wüßte, wie das zuging. So ist die Lage. Jetzt warten sie – vielleicht auf irgend jemand, vielleicht auch darauf, daß sie genug Mumm in sich haben.«

»Und wir sitzen hier, weil der Tisch am nächsten dran ist, als nächste Zielscheibe für die Kugeln von diesen ganzen Burschen, sobald der verdammte Deckel hochgeht?« fragte Jack. »Gehen wir doch gleich an Reds Tisch. Da ist es noch näher, und irgendwie gefällt mir das Mädchen da bei ihm.«

»Nur Geduld, du kriegst deinen Spaß schon noch«, versprach ich ihm. »Es hat keinen Sinn, diesen O'Leary killen zu lassen. Wenn sie anständig mit ihm verhandeln, dann setzen wir uns ab. Aber wenn sie anfangen, Sachen auf ihn zu schmeißen, dann werden wir ihn und sein Mädchen raushauen.«

»Gut geknurrt, mein Tiger!« Er grinste und wurde um den Mund herum ein wenig blaß. »Gibt's da noch ein paar Sachen zu besprechen, oder werden wir sie nur einfach ohne großes Aufheben raushauen?«

»Siehst du die Tür hinter mir, da rechts? Wenn das Feuerwerk losgeht, gehe ich da hin und mache sie auf. Du hältst den Weg dazwischen frei. Wenn ich Laut gebe, dann gibst du Red so viel Deckung, wie er braucht, um durchzukommen.«

»Zu Diensten!« Er ließ seine Blicke im Raum umherschweifen, über die versammelten Rowdies; er leckte sich die Lippen und schaute auf die Hand, die seine Zigarette hielt – eine bebende Hand. »Hoffentlich denkst du nicht, ich bin ein Spielverderber«, sagte er. »Aber ich bin nicht so ein alterprobter Mörder wie du. Mir ist diese Schlächterei zuwider.«

»Zuwider, ach Gottchen«, sagte ich. »'ne Mordsangst hast du. Aber paß auf: mach hier keinen Mist! Wenn du da eine Operette draus machst und diese Gorillas noch irgendwas von dir übriglassen: ich geb dir den Rest. Du machst, was ich dir sage und nichts anderes. Wenn dir noch was Geniales einfällt, erzähle es mir nachher.«

»Ich werde mich absolut mustergültig benehmen!« versicherte er mir.

Es war fast Mitternacht, als das eintrat, worauf die Wölfe gewartet hatten. Der letzte Anschein von Gleichgültigkeit verschwand aus den Gesichtern, die sich immer mehr angespannt hatten. Stühle und Füße scharrten, die Männer rückten von ihren Tischen ab. Die Muskeln machten die Körper sprungbereit. Die

Zungen leckten die Lippen, und die Augen blickten voller Spannung zur Eingangstür.

Bluepoint Vance trat in den Raum. Er kam allein, nickte überall seinen Bekannten zu, seine große Gestalt war elegant, locker und gut gekleidet. Sein scharfgeschnittenes Gesicht lächelte voll Selbstvertrauen. Ohne Eile und ohne Zögern kam er zu Red O'Learys Tisch. Ich konnte Reds Gesicht nicht sehen, aber in seinem Genick schwollen die Muskeln an. Das Mädchen lächelte Vance herzlich zu und gab ihm die Hand. Es geschah voller Natürlichkeit. Sie hatte keine Ahnung.

Vance wandte sein Lächeln von Nancy Regan dem roten Riesen zu – ein Lächeln, das ein wenig katzenhaft war.

»Wie läuft denn so alles, Red?« fragte er.

»Für mich läuft alles gut«, kam es ohne Umschweife.

Das Orchester hatte aufgehört zu spielen, Larrouy stand am Eingang und tupfte seine Stirn mit einem Taschentuch. Am Tisch rechts von mir schnaufte ein breitbrüstiger Boxer mit gebrochener Nase, in einem lebhaft gestreiften Anzug; er schnaufte zwischen seinen Goldzähnen, seine wäßrig hervorquellenden Augen starrten auf O'Leary, Vance und Nancy. Er fiel gar nicht auf – zu viele andere sahen genauso aus.

Bluepoint Vance drehte seinen Kopf und rief einem Kellner zu: »Bring mir einen Stuhl.«

Der Stuhl wurde gebracht und an die unbesetzte Seite des Tisches, gegenüber der Wand, gestellt. Vance setzte sich. Er ließ sich auf den Stuhl fallen, lehnte sich auf eine unverschämte Weise zu Red hinüber, sein linker Arm lag über der Stuhllehne, in der rechten Hand hielt er eine Zigarette.

»Na, Red«, sagte er, nachdem er sich in dieser Weise etabliert hatte, »hast du mir was zu sagen?«

Seine Stimme war sanft, aber laut genug, daß die an den Nachbartischen sie hören konnten.

»Kein einziges Wort.« O'Learys Stimme enthielt weder vorgebliche Freundlichkeit noch Vorsicht.

»Was, kein Moos?« Vances dünnlippiges Lächeln wurde

breiter, und in seinen Augen war ein belustigtes, aber nicht angenehmes Glitzern. »Keiner hat dir irgendwas gegeben, was du mir geben sollst?«

»Nein«, sagte O'Leary mit Betonung.

»Lieber Himmel«, sagte Vance, während das Lächeln seiner Augen und seines Mundes sich vertiefte, wobei es noch unangenehmer wurde. »Das nenne ich undankbar! Würdest du mit mir sammeln gehen, Red?«

»Nein.«

Dieser Rotschopf widerte mich an – fast war ich bereit, ihn zugrunde gehen zu lassen, wenn der Orkan losbrach. Warum konnte er nicht Zeit gewinnen, um sich zu retten – irgendeine blühende Geschichte fabrizieren, die Bluepoint erst mal hinnehmen mußte? Aber nein – dieser O'Leary war so ein verdammtes Kind, dermaßen eingebildet auf seine Männlichkeit, daß er unbedingt eine Schau damit abziehen mußte, statt seine Rübe zu gebrauchen. Wenn es bloß um seinen eigenen Kadaver gegangen wäre, der seine Prügel verdient hatte, wär's ja in Ordnung gewesen. Aber es war nicht in Ordnung, daß Jack und ich drunter leiden mußten. Dieser große Klumpen war zu viel wert, um ihn wegzuwerfen. Wir mußten uns selber Gott weiß wie zurichten lassen, bloß um ihn vor dem Lohn für seine Eselhaftigkeit zu schützen. Es war nicht gerecht.

»Ich erwarte eine Menge Kohlen, Red«, sagte Vance mit träger, aber vorwurfsvoller Stimme. »Und ich brauche die Kohlen.« Er zog an seiner Zigarette, blies den Rauch lässig in das Gesicht des Roten, er sprach sehr langsam. »Denk mal, sogar die Wäschereikosten sind gestiegen, es kostet zwanzig Cent mehr bloß für einen Pyjama! Ich brauche Geld.«

»Schlaf in deinen Unterhosen«, sagte O'Leary.

Vance lachte. Nancy Regan lächelte, aber unruhig. Anscheinend wußte sie nicht, was das Ganze sollte, aber sie mußte bemerken, daß irgendwas im Gang war.

O'Leary beugte sich vor und sprach herausfordernd, so laut, daß es jeder hören konnte: »Ich brauche dir nichts zu geben,

Bluepoint – jetzt nicht, und überhaupt nicht. Das gilt auch für jeden anderen, der hier Interessen hat. Wenn du oder die meinen, daß ich euch etwas schuldig bin – versucht es doch, holt es euch! Scher dich zum Teufel, Bluepoint Vance! Wenn's dir nicht gefällt – du hast ja Freunde hier. Laß sie doch kommen!«

Was für ein erstklassiger junger Idiot! Der gehörte in einen Krankenwagen, sonst nichts! Und von so einem mußte ich reingezogen werden!

Vance grinste böse, seine Augen funkelten O'Learys Gesicht an. »Möchtest du das wirklich, Red?«

O'Leary hob seine breiten Schultern und ließ sie wieder fallen. »Ich hab nichts dagegen, daß wir's austragen«, sagte er. »Aber Nancy soll draußen bleiben.« Er drehte sich zu ihr. »Mach dich lieber fort, Liebling, ich habe hier zu tun.«

Sie wollte etwas sagen, aber Vance redete mit ihr. Seine Worte wurden nonchalant gesprochen, und er hatte nichts dagegen einzuwenden, daß sie ging. Der Inhalt seiner Worte war, daß sie ohne Red einsam sein würde. Aber er beschäftigte sich sehr ausführlich mit den Details dieser Einsamkeit.

Red O'Learys rechte Hand lag auf dem Tisch. Sie fuhr hoch zu Vances Mund. Als sie ankam, war sie eine Faust. Ein solcher Hieb ist schwierig zu führen. Aus dem Körper kann er keine Kraft nehmen. Dieser Hieb ist allein auf die Muskeln des Armes angewiesen, und nicht mal auf die besten davon. Aber Bluepoint Vance wurde aus seinem Stuhl und bis rüber zum nächsten Tisch geworfen.

Im Larrouy's leerten sich die Stühle. Der Tumult war im Gang.

»Es geht los«, knurrte ich Jack Counihan an, ich gab mir viel Mühe, wie der nervöse kleine Dicke auszusehen, der ich war, und rannte zur Hintertür, wobei ich an Männern vorbeikam, die sich mit nicht allzu großer Eile auf O'Leary zubewegten. Ich sah wohl aus wie ein Angsthase, der sich Ärger ersparen will, denn niemand hielt mich auf, und ich war an der Tür, bevor die Meute Red eingeschlossen hatte. Die Tür war zu, aber nicht abgeschlossen. Ich drehte ihr meinen Rücken zu, in der rechten Hand die

Klinke, in der linken den Revolver. Vor mir standen Männer, aber sie standen mit dem Rücken zu mir.

O'Leary ragte vor seinem Tisch auf, sein hartgesottenes, rotes Gesicht voll von gefährlicher Wut, sein großer Körper federte auf seinen Fußballen. Zwischen uns stand Jack Counihan mit dem Gesicht zu mir, sein Mund zuckte von einem nervösen Grinsen, seine Augen funkelten lustvoll. Bluepoint Vance hatte sich wieder erhoben. Von seinen dünnen Lippen zog sich ein Blutfaden zum Kinn. Seine Augen waren kühl. Sie blickten auf Red O'Leary, nüchtern, geschäftsmäßig, wie ein Holzfäller einen Baum abschätzt, den er als nächsten umlegt. Vances Genossen beobachteten Vance.

»Red!« rief ich in die Stille hinein. »Hier durch, Red!«

Gesichter fuhren zu mir herum – alle Gesichter im Lokal –, Millionen Gesichter.

»Los, Red, hierher!« bellte Jack Counihan und trat mit gezogenem Revolver einen Schritt vor.

Bluepoint Vances Hand fuhr in den Jackenausschnitt. Aus Jacks Kanone feuerte es. Bluepoint hatte sich zu Boden geworfen, bevor der Junge den Abzug gedrückt hatte. Das Geschoß ging über ihn weg, aber Vances Angriff war abgeblockt.

Red umfaßte sein Mädchen mit dem linken Arm. Eine große Automatic erschien in seiner rechten Faust. Ich habe mich danach nicht mehr besonders um ihn gekümmert. Ich hatte zu tun.

Larrouys Häuschen strotzte vor Waffen – Revolver, Messer, Schlagringe, Stahlruten, Stühle und Flaschen, nebst den verschiedensten Produkten der Zerstörung. Männer brachten ihre Waffen zu mir, um sie auf mich loszulassen. Es ging darum, mich von der Tür wegzuschaffen. O'Leary hätte es gefallen. Aber ich war kein junger Rowdy mit feurigem Haar. Ich war nahe an den Vierzig und hatte zwanzig Pfund Übergewicht. Ich hatte eine Vorliebe für Bequemlichkeit, die gewöhnlich mit diesem Alter und Gewicht einhergeht. Und hier war es unbequem.

Ein schlitzäugiger Portugiese stach mit einem Messer gegen meinen Hals und verdarb mir den Schlips. Ich wischte ihm mit meiner Kanone eine übers Ohr und sah, wie sein Ohr halb abriß. Ein grinsendes Jüngelchen von zwanzig stürzte gebückt auf meine Knie los – nach Fußballermanier. Ich fühlte seine Zähne mit meinem Knie, kickte hoch und fühlte, wie sie brachen. Ein pockennarbiger Mulatte schob den Lauf seines Schießeisens über die Schulter seines Vordermannes. Mein Knüppel zog dem Vordermann eine über. Er machte eine seitliche Abwehrbewegung, während der Mulatte den Abzug drückte – eine Seite seines Gesichts wurde ihm abgesprengt.

Ich feuerte zweimal; einmal, als ein Revolver aus weniger als einem halben Meter auf meinen Bauch gerichtet war, einmal, als ich einen Mann entdeckte, der nicht allzu weit auf einem Tisch stand und sorgfältig auf meinen Kopf zielte. Im übrigen verließ ich mich auf meine Arme und Beine und sparte die Kugeln. Die Nacht war jung, und ich hatte nur ein Dutzend Bohnen – sechs im Revolver, sechs in der Tasche.

Es war eine prächtige Holzerei. Rechter Haken, linker Haken, Fußtritt, rechter Haken, linker Haken, Fußtritt. Zögere nicht, suche nicht lang nach Zielen. Gott sorgt schon dafür, daß immer ein Kürbis für deine Kugel oder für deine Stahlrute da ist und ein Bauch für deinen Fuß.

Eine Flasche kam durch und erwischte meine Stirn. Mein Hut schützte mich ein bißchen, aber der Schnitt war lästig. Ich schwankte ein bißchen und zertrümmerte nur eine Nase, wo ich hätte einen Schädel knacken sollen. Der Raum schien stickig, schlecht belüftet. Jemand sollte das Larrouy mal sagen. Wie wär's mit einem Leder-und-Blei-Klöpferchen auf deine Schläfe, Blondköpfchen? Diese Ratte da links von mir kommt mir zu nah. Ich kriege ihn, indem ich mich nach rechts lehne, um dem Mulatten eine zu verpassen, und weit aushole und ihm eine schmiere. Nicht schlecht! Aber ich kann nicht die ganze Nacht so weitermachen. Wo sind Red und Jack? Stehen sie rum und schauen mir zu?

Irgend jemand knallte mir was auf die Schulter – es fühlte sich an wie ein Klavier. Ich konnte nicht ausweichen. Eine zweite fliegende Flasche rasierte meinen Hut und einen Teil meiner Kopfhaut ab. Red O'Leary und Jack Counihan schlugen sich durch – das Mädchen schleppten sie zwischen sich.

Während Jack das Mädchen durch die Tür schob, machten Red und ich vor uns ein bißchen den Weg frei. Er machte das gut. Nicht, daß ich mich nur in seinem Schatten hielt, aber jedenfalls ließ ich ihn soviel üben, wie er wollte.

»Alles klar!« rief Jack.

Red und ich passierten die Tür und schlugen sie zu. Nicht mal nach dem Abschließen wollte sie zubleiben. O'Leary schickte drei Schüsse durch sie, damit die Jungs ein bißchen was zum Nachdenken hätten, und dann war unser Rückzug im Gang.

Wir waren in einem engen Durchgang, der durch eine ziemlich helle Lampe erhellt war. Am anderen Ende war eine verschlossene Tür. Nach der Hälfte des Weges gingen nach rechts Treppen hoch.

»Geradeaus?« fragte Jack, der vorne war.

O'Leary sagte »Ja«, und ich sagte: »Nein. Vance wird das abgeriegelt haben, wenn nicht die Polypen. Hinauf – aufs Dach.«

Wir erreichten die Treppe. Die Tür hinter uns brach auf. Die Lampe ging aus. Die Tür am anderen Ende knallte auf. Kein Licht kam herein, durch keine der Türen. Vance hätte sicher Licht gewollt. Larrouy mußte die Sicherungen abgeschaltet haben, er wollte wohl nicht, daß sein Loch zu Kleinholz gemacht wurde.

In dem dunklen Gang brodelte ein Tumult, während wir uns – nur nach Gefühl – die Treppe hinauftasteten. Wer da durch die Hintertür hereingekommen war, mischte sich unter die, die hinter uns her waren. Die Vermischung erfolgte in Form von Schlägen, Flüchen und einem gelegentlichen Schuß. Nur zu! Wir stiegen aufwärts, Jack voran, dann das Mädchen, dann ich und am Schluß O'Leary.

Unser Kavalier Jack diente dem Mädchen als Wegweiser: »Vorsicht auf dem Absatz, jetzt halb nach links, mit der rechten Hand fühlen Sie die Wand, und –«

»Halt's Maul!« knurrte ich in seine Richtung. »Besser sie fällt, als daß die ganzen Kerle über uns herfallen.«

Wir hatten den zweiten Stock erreicht. Es war schwärzer als schwarz. Das Gebäude hatte drei Stockwerke.

»Ich kann die verdammte Treppe nicht finden«, klagte Jack.

Wir suchten in der Dunkelheit nach dem Aufgang, der uns zum Dach hinaufführen sollte. Wir fanden ihn nicht. Unten beruhigte sich der Tumult. Vances Stimme erklärte dem Haufen, daß sie an die eigenen Leute geraten waren, und er fragte, wo wir wären. Keiner schien es zu wissen. Wir wußten es auch nicht.

»Los jetzt«, brummte ich und ging voraus, den Gang vor, in Richtung auf die Gebäuderückseite. »Irgendwo müssen wir jetzt hin.«

Unten war immer noch Lärm, aber kein Kampflärm mehr. Die Männer redeten davon, daß man Lampen besorgen müßte. Ich geriet an eine Tür am Ende des Ganges und stieß sie auf. Ein Zimmer mit zwei Fenstern, durch die der schwache Schein der Straßenbeleuchtung hereindrang. Es wirkte gleißend hell nach dem Gang. Meine kleine Herde folgte mir hinein, und wir machten die Tür zu.

Red O'Leary durchquerte den Raum, steckte den Kopf durch ein offenes Fenster.

»Hintergasse«, flüsterte er. »Nicht runterzukommen, höchstens wenn wir springen.«

»Jemand zu sehen?« fragte ich.

»Seh niemand.«

Ich sah mich im Zimmer um – ein Bett, ein paar Stühle, eine Kommode und ein Tisch.

»Der Tisch geht durchs Fenster«, sagte ich. »Wir schmeißen ihn so weit es geht, und dann wolln wir hoffen, daß der Lärm sie dahin lockt, bevor sie daraufkommen, hier oben nachzusehen.«

Red und das Mädchen vergewisserten sich gegenseitig, daß sie beide noch heil und ganz waren. Er machte sich von ihr los, um mir mit dem Tisch zu helfen. Wir hoben ihn hoch, gaben ihm Schwung und ließen ihn fliegen. Er benahm sich ordentlich, krachte gegen die Wand des gegenüberliegenden Gebäudes, fiel dann runter in einen Hinterhof, wo er mit viel Geschepper auf einen Haufen Büchsen oder auf eine Ansammlung von Mülleimern niederging, jedenfalls auf etwas, was prachtvollen Lärm machte. Man konnte es bestimmt nicht weiter als eineinhalb Blocks hören.

Wir entfernten uns vom Fenster, als Männer aus Larrouy's Hinterausgang hervorquollen.

Das Mädchen hatte an O'Leary keinerlei Verletzungen finden können; jetzt wandte sie sich Jack Counihan zu. Er hatte einen Schnitt in der Wange. Sie machte sich daran mit einem Taschentuch zu schaffen.

»Wenn Sie damit fertig sind«, sagte Jack, »geh ich raus und hol mir einen auf der anderen Seite.«

»Wenn Sie so weiterreden, werde ich nie fertig – Sie wackeln mit Ihrer Backe.«

»Das ist eine gute Idee«, rief er. »San Franzisko ist die zweitgrößte Stadt in Kalifornien. Sacramento ist die Hauptstadt. Mögen Sie Geographie? Soll ich Ihnen was von Java erzählen? Ich bin nie dort gewesen, aber ich trinke Kaffee von dort. Wenn –«

»Dummerchen!« sagte sie lachend. »Wenn Sie nicht still sind, höre ich ganz auf!«

»Also gut«, sagte er, »ich halte schon still.«

Sie wischte ihm nur das Blut von seiner Wange, Blut, das man da lieber hätte trocknen lassen. Als sie ihre vollkommen nutzlose Operation beendet hatte, nahm sie langsam ihre Hand weg und beschaute stolz das kaum bemerkbare Resultat. Als ihre Hand in die Gegend seines Mundes kam, stieß Jack mit seinem Kopf vorwärts und küßte die Spitze eines vorbeigleitenden Fingers.

»Dummerchen«, sagte sie wieder und zog ihre Hand weg.

»Laß das sein«, sagte Red O'Leary, »sonst wisch ich dir eine.«

»Spiel dich nicht so auf«, sagte Jack Counihan.

»Reddy!« rief das Mädchen – zu spät.

Die Rechte O'Learys holte aus, Jack wurde von dem Schlag auf den Bauch getroffen und legte sich auf den Boden schlafen.

Der große Rote fuhr auf seinen Fußballen herum und beugte sich über mich.

»Willst du irgendwas sagen?« fragte er.

Ich grinste abwärts zu Jack und dann zu Red hinauf.

»Ich schäme mich für ihn«, sagte ich. »Sich von so was aufhalten zu lassen – von so einer Flasche mit Rechtsausleger.«

»Möchtest du es auch mal probieren?«

»Reddy! Reddy!« flehte das Mädchen, aber keiner hörte ihr zu.

»Wenn du mit deiner Rechten führen willst?« sagte ich.

»Mach ich«, versprach er und machte es.

Ich reckte mich, zog meinen Kopf weg und legte einen Zeigefinger auf sein Kinn.

»Das war wohl ein Knöchelchen«, sagte ich.

»So? Dies ist bestimmt eines.«

Es gelang mir, unter seiner Linken wegzutauchen, so daß sein Unterarm hinter meinem Nacken entlang glitt. Aber das war das Ende meiner Kunststücke. Es sah so aus, als gäbe ich mir Mühe, rauszukriegen, was ich ihm mal antun könnte. Das Mädchen packte ihn am Arm und hängte sich an ihn.

»Reddy, Liebling, hast du denn noch nicht genug Schlägerei gehabt heute abend? Kannst du nicht einmal vernünftig sein! Sogar ein Ire müßte das doch mal!«

Ich war in der Versuchung, das Riesenbaby mal richtig ranzukriegen, während seine Gespielin ihn festhielt.

Er lachte auf sie herunter, bückte sich zu ihr, küßte sie und grinste mich an.

»Es gibt immer noch ein nächstes Mal«, sagte er gutmütig.

»Wir sollten lieber hier raus, falls wir können«, sagte ich. »Sie haben zuviel Spektakel gemacht, als daß es hier sicher wäre.«

»Mach dir keine Sorgen, kleiner Mann«, sagte er zu mir. »Häng dich nur an meinen Rockzipfel, dann ziehe ich dich schon raus.«

Dieser große Prahlhans. Wären Jack und ich nicht gewesen, dann hätte er schon keinen Rockzipfel mehr.

Wir gingen auf die Tür zu, horchten und hörten nichts.

»Die Treppe zum dritten Stock muß vorne sein«, flüsterte ich. »Versuchen wir mal hinzukommen.«

Vorsichtig öffneten wir die Türe. Es fiel genügend Licht neben uns auf den Gang. Offenbar war es dort leer. Wir schlichen vor, Red und ich hielten jeder eine Hand des Mädchens. Ich hoffte, daß Jack hier gut rauskommen würde; aber er hatte sich nun mal schlafen gelegt, und ich hatte meine eigenen Sorgen.

Ich hatte nicht gewußt, daß Larrouy's so groß war, daß zwei Kilometer Gang drin Platz hatten. Aber so war es. Durch die Dunkelheit war es genau ein Kilometer bis zum Beginn der Treppe, auf der wir hochgekommen waren. Wir hielten nicht an, um auf die Stimmen unten zu horchen. Am Ende des zweiten Kilometers ertastete Reds Fuß die erste Stufe der Treppe, die hinaufführte.

Aber nun ging am Ende der Treppe unten das Gebrüll los. »Alles rauf da – da oben sind sie!«

Ein weißer Lichtstrahl flog aufwärts zu dem Schreihals, und von unten redete ihn ein Typ an: »Komm mal runter, du Windei!«

»Die Polizei«, flüsterte Nancy Regan, und wir eilten auf unserer neuentdeckten Treppe zum dritten Stock.

Weiter Dunkelheit – wie bisher. Wir hielten auf der Treppe an. Anscheinend hatten wir keine Gesellschaft.

»Das Dach«, sagte ich. »Probieren wir mal ein Streichholz.«

Hinten in einem Winkel entdeckten wir mit unserem schwachen Streichholzflämmchen eine Leiter, die zu einer Falltür in der Decke hinaufführte. So rasch es ging, erreichten wir das Dach von Larrouy's, und die Tür schloß sich hinter uns.

»Alles glatt bisher«, sagte O'Leary, »und wenn die Ratten von Vance und die Polypen noch ein paar Sekunden miteinander spielen – sind wir draußen.«

Ich ging über die Dächer voran. Wir sprangen drei Meter auf das nächste Haus, kletterten dann wieder etwas auf das nächste und fanden an der anderen Seite eine Feuerleiter, die in einen kleinen Hof hinunterging, der einen Ausgang zur rückwärtigen Gasse hatte.

»So müßte es gehen«, sagte ich und stieg hinunter.

Hinter mir kam das Mädchen, dann Red. Der Hof, in den wir kamen, war leer – ein enger Zementdurchgang zwischen zwei Gebäuden. Das untere Ende der Feuerleiter quietschte, als es durch mein Gewicht heruntergebogen wurde, aber das Geräusch hatte keine Folgen. Das Höfchen war dunkel, aber nicht schwarz.

»Wenn wir zur Straße kommen, trennen wir uns«, sagte O'Leary zu mir, ohne ein Wort der Dankbarkeit für meine Hilfe – anscheinend war ihm gar nicht klar, daß er sie nötig gehabt hatte. »Du jagst dein Häschen, und wir jagen unseres.«

»Hmhm«, stimmte ich bei; dabei jagte ich mein Hirn in meinem Schädel herum. »Ich schau mir aber erst mal das Sträßchen an.«

Vorsichtig spurte ich vor, bis zum Ende des Hofes, und riskierte mein hutloses oberes Ende, um hinaus auf die Gasse zu spähen. Sie war ruhig, aber an der Ecke, einen Viertelblock weiter oben, lungerten zwei Eckensteher; sie lungerten aufmerksam. Sie waren keine Polypen. Ich trat auf die kleine Straße hinaus und winkte sie her. Auf diese Entfernung, in diesem Licht, konnten sie mich nicht erkennen, und es gab keinen Grund, warum sie mich nicht für einen von Vances Mannschaft halten sollten, wenn sie dazu gehörten.

Als sie auf mich zukamen, machte ich einen Schritt zurück in den Hof und zischte nach Red. Er gehörte nicht zu denen, die man zweimal rufen muß. Er war bei mir, als sie ankamen. Ich knöpfte mir den einen vor, er den anderen.

Ich wollte einen Krawall, und ich mußte wie ein Pferd dafür arbeiten. Diese Heinis waren ein Paar Jahrmarktslutscher. In einer Tonne von ihnen hatten nicht mal zehn Gramm Schlagkraft. Der, den ich vorhatte, wußte nicht, was er von meiner Behandlung halten sollte. Er hatte einen Revolver, aber es gelang ihm, diesen gleich fallen zu lassen; beim Ringkampf wurde er außer Reichweite gekickt. Er gab nicht auf, während ich Tinte schwitzte, ihn irgendwie in die richtige Stellung zu bringen. Die Dunkelheit war günstig, aber trotzdem war es nicht leicht, so zu tun, als würde er mich mächtig in Atem halten, während ich ihn hinter O'Leary herumprügelte, während O'Leary keinerlei Schwierigkeiten mit seinem Mann hatte.

Schließlich schaffte ich's. Ich war hinter O'Leary, der seinen Typ an die Wand gedrückt hatte und ihm soeben mit der anderen Hand eine schmettern wollte. Ich umklammerte mit meiner linken Hand das Handgelenk meines Gespielen, drehte es und drückte ihn zu Boden, holte mein Schießeisen raus und schoß O'Leary in den Rücken – gerade unter seine rechte Schulter.

Red schwankte, während er seinen Mann gegen die Wand quetschte. Ich schlug den meinen mit dem Revolverknauf nieder.

»Hat er dich erwischt, Red?« fragte ich; ich stützte ihn mit einem Arm und knallte seinem Gefangenen eine auf die Birne.

»Ja.«

Ich rief: »Nancy!«

Sie kam zu uns gerannt.

»Nimm ihn an der anderen Seite«, sagte ich zu ihr. »Bleib auf den Beinen, Red, dann kommen wir schon durch.«

Die Kugel steckte noch ganz frisch in ihm drin und behinderte ihn noch nicht, obgleich sein rechter Arm matt gesetzt war. Wir liefen die Straße vor, bis zur Ecke. Bevor wir hinkamen, wurden wir schon verfolgt. Neugierige Gesichter blickten auf uns. Ein Polizist, der einen Block weiter stand, setzte sich in unsere Richtung in Bewegung. Während das Mädchen O'Leary auf einer Seite hielt und ich auf der anderen, rannten wir einen Block lang dem Polizisten fort; wir rannten dahin, wo ich das Auto abgestellt hatte, das Jack und ich benutzt hatten. Die Straße war recht lebendig, als wir den Motor in Gang hatten und das Mädchen Red sicher auf dem Rücksitz untergebracht hatte. Der Polyp schrie hinter uns her und schickte uns eine hohe Kugel nach. Dann verließen wir diese Gegend.

Ich hatte noch kein besonderes Ziel: nach dem Anfangsspurt

fuhr ich daher etwas langsamer, kurvte um viele Ecken und hielt mit unserem Bus in einer dunklen Straße hinter der Van Ness Avenue zu einer kleinen Ruhepause.

Red kauerte in einer Ecke des Rücksitzes, das Mädchen stützte ihn, als ich mich auf meinem Sitz umdrehte, um nach ihnen zu sehen.

»Wohin jetzt?« fragte ich.

»Zum Krankenhaus, einen Doktor – irgendwohin!« weinte das Mädchen. »Er stirbt!«

Ich glaubte das nicht. Wenn er starb, war er selbst schuld. Wäre er dankbar genug gewesen, mich als seinen Freund bei sich zu behalten, dann hätte ich nicht auf ihn schießen müssen, um als Krankenpfleger bei ihm zu bleiben. »Also wohin, Red?« fragte ich ihn und stupste ihm mit einem Finger ans Knie.

Er sprach mit belegter Stimme und gab mir die Adresse des Hotels in der Stockton Street.

»Unsinn«, wandte ich ein. »Jeder in der Stadt weiß, daß du da pennst; wenn du dahin kommst, dann ist es aus mit dir! Wohin?«

»Hotel«, wiederholte er.

Ich drehte mich um, kniete mich auf den Sitz und beugte mich hinüber, um ihn zu bearbeiten. Er war schwach. Viel Widerstand konnte er wohl nicht mehr leisten. Einen Mann, der vielleicht doch im Sterben lag, so in die Zange zu nehmen, war nicht sehr vornehm, aber ich hatte bei dieser Affäre soviel Ärger und Mühe auf mich genommen; ich wollte ihn dazu bringen, daß er mich zu seinen Freunden führte, und ich wollte nicht zu guter Letzt noch aufgeben. Zeitweise sah es aus, als sei er noch nicht schwach genug, als müßte ich noch mal auf ihn schießen. Aber das Mädchen half mir, und wir beide zusammen überzeugten ihn schließlich, daß er, um sicher zu sein, irgendein Versteck aufsuchen mußte, wo er die richtige Pflege bekäme. Eigentlich überzeugten wir ihn nicht wirklich – wir entkräfteten ihn, und schließlich gab er nach, weil er zu schwach zum Reden war. Er gab mir eine Adresse in der Nähe von Holly Park.

Ich hoffte das Beste und lenkte mein Wägelchen dorthin.

Das Haus war ein kleines Haus in einer Reihe von kleinen Häusern. Wir holten den großen Jungen aus dem Auto und schafften ihn zusammen zur Tür. Mit unserer Hilfe kam er gerade noch hin. Ich klingelte.

Es passierte nichts. Ich klingelte wieder und dann noch mal.

»Wer ist da?« fragte eine grelle Stimme von drinnen.

»Red ist verletzt«, sagte ich.

Eine Weile wars still. Dann öffnete sich die Türe zehn Zentimeter. Durch die Öffnung kam von innen ein Licht – so viel Licht, daß man das flache Gesicht und die gewölbten Kinnmuskeln des Schädelknackers sehen konnte, der der Wächter und Henker von Motsa Kid gewesen war.

»Was ist?« fragte er.

»Red ist überfallen worden. Sie haben ihn erwischt«, erklärte ich, und schob den schwankenden Riesen vorwärts.

Auf diese Weise konnten wir die Tür nicht aufbrechen. Der Schädelknacker hielt die Tür so, wie sie war.

»Ihr wartet erst mal«, sagte er und schlug die Tür vor uns zu. Seine Stimme war von innen zu hören: »Flora.« Na also. Red hatte uns an die richtige Stelle gebracht.

Als er die Tür wieder aufmachte, machte er sie ganz auf, und Nancy Regan und ich brachten unsere Last in die Diele. Neben dem Schädelknacker stand eine Frau in einem schwarzen Seidenkleid mit tiefem Ausschnitt – vermutlich Big Flora.

Sie war mindestens 1,75 groß auf ihren hochhackigen Pumps. Es waren kleine Pumps, und ich stellte fest, daß auch ihre unberingten Hände klein waren. Das übrige an ihr war nicht klein. Sie hatte breite Schultern, einen großen Busen, dicke Arme und einen rosa Hals, der zwar weich, aber doch wie der eines Catchers war. Sie war etwa so alt wie ich – nahe an vierzig – mit sehr lockigem und sehr gelbem kurzgeschnittenem Haar, sie hatte rosa Haut und ein hübsches, brutales Gesicht. Ihre tiefliegenden Augen waren grau, ihre dicken Lippen wohlgeformt, ihre Nase gerade so breit und gerade so gebogen, daß sie kraftvoll wirkte, und sie hatte ein Kinn, das der Nase entsprach. Von der

Stirn bis zur Kehle war die rosa Haut mit dichter, starker, lockerer Muskulatur unterfüttert.

Diese Big Flora war kein Spielzeug. Sie hatte das Aussehen und die Haltung einer Frau, die einen Raubzug mit anschließendem Übers-Ohr-Hauen organisiert haben konnte. Wenn ihr Gesicht und ihr Körper sie nicht Lügen straften, so hatte sie die körperliche Kraft – und die Kraft des Verstandes –, die dazu nötig waren – und noch Reserven obendrein. Sie war aus noch besserem Material als die beiden anderen hier: der affenartige Schläger und der rothaarige Riese, den ich festhielt.

»Na?« fragte sie, als die Türe sich hinter uns geschlossen hatte. Ihre Stimme war tief, aber nicht männlich – es war eine Stimme, die gut zu ihrem Aussehen paßte.

»Vance hat ihm bei Larrouy's aufgelauert. Es hat ihn im Rücken erwischt«, sagte ich.

»Wer sind Sie?«

»Bringen Sie ihn zu Bett« – ich versuchte Zeit zu gewinnen. »Wir haben noch die ganze Nacht zum Reden.«

Sie drehte sich um und schnippte mit den Fingern. Ein schäbiger kleiner alter Mann schoß aus einer Tür hinter ihr. Seine braunen Augen waren sehr ängstlich. »Mach daß du nach oben kommst«, befahl sie. »Mach das Bett fertig, besorge Heißwasser und Handtücher.«

Der kleine Alte strampelte die Treppe hinauf wie ein rheumatisches Kaninchen.

Der Schädelknacker nahm das Mädchen von Reds anderer Seite weg; dann führten er und ich den Riesen hinauf in ein Zimmer, wo der kleine alte Mann mit Schüsseln und Handtüchern herumfuhrwerkte. Flora und Nancy Regan folgten uns. Wir legten den verwundeten Mann mit dem Gesicht nach unten auf das Bett und zogen ihm die Kleider aus. Aus dem Einschußloch floß immer noch Blut. Er war ohnmächtig.

Nancy Regan war völlig aufgelöst.

»Er stirbt! Holt doch einen Doktor! Oh, Reddy. Liebstes!«

»Halt's Maul«, sagte Big Flora. »Der verdammte Narr soll nur verrecken! Heute abend muß er zu Larrouy's gehen!« Sie packte den kleinen Alten an der Schulter und beförderte ihn zur Tür. »Hol Zonite und noch mehr Wasser!« rief sie ihm nach. »Pogy, gib mir mal dein Messer.«

Der affenartige Mann zog ein Klappmesser aus seiner Tasche, mit einer langen Klinge, die so lange geschliffen worden war, bis sie schmal und dünn war. Mit diesem Messer, dachte ich, ist Motsa Kids Kehle aufgeschlitzt worden.

Damit schnitt Big Flora die Kugel aus Red O'Learys Rücken.

Der affenartige Pogy bewachte Nancy Regan während der Operation in einer Ecke des Zimmers. Der angstvolle kleine Mann kniete neben dem Bett, reichte der Frau, wonach sie verlangte, und wischte Reds Blut ab, das aus seiner Wunde floß.

Ich stand neben Flora und rauchte Zigaretten aus der Schachtel, die sie mir gegeben hatte. Wenn sie ihren Kopf hob, nahm ich die Zigarette aus meinem Mund und steckte sie in ihren. Sie zog dann einmal, wobei die halbe Zigarette draufging, und nickte. Darauf nahm ich ihr die Zigarette aus dem Mund. Sie stieß den Rauch aus und beugte sich wieder über ihre Arbeit. Ich zündete mit dem Rest der Zigarette die nächste an und war für ihren nächsten Zug bereit.

Ihre nackten Arme waren bis zu den Ellbogen voll Blut. Ihr Gesicht war schweißnaß. Es war eine üble Schweinerei, und es dauerte. Aber als sie sich aufrichtete, um ihren letzten Zug zu tun, war Red seine Kugel los, die Blutung gestillt und die Wunde verbunden.

»Gott sei Dank, das hätten wir«, sagte ich und zündete mir eine von meinen Zigaretten an. »Diese Arznei, die Sie da rauchen, schmeckt scheußlich.«

Der ängstliche kleine Mann machte sauber. Nancy Regan lag bewußtlos in einem Sessel in der anderen Ecke des Zimmers, niemand achtete auf sie.

»Paß mal ein bißchen auf diesen Herrn auf, Pogy«, sagte Big Flora zu dem Schädelknacker. »Ich will mich ein bißchen waschen.«

Ich ging hinüber zu dem Mädchen, rieb ihr die Hände, spritzte etwas Wasser auf ihr Gesicht und kriegte sie wach.

»Die Kugel ist raus. Red schläft. In einer Woche ist er wieder fit zum Raufen«, sagte ich zu ihr.

Sie sprang auf und rannte zu dem Bett hinüber.

Flora kam herein. Sie hatte sich gewaschen und ihr blutbeflecktes Kleid gegen eine kimonoartige Sache vertauscht, die an manchen Stellen geschlitzt war, so daß man da eine Menge Unterzeug in exotischen Farben erblickte.

»Raus mit der Sprache«, befahl sie, als sie nun vor mir stand. »Wer, was und warum.«

»Ich heiß Percy McGuire«, sagte ich, als ob dieser Name, den ich mir gerade eben ausgedacht hatte, irgendwas erklärte.

»Und wer ist das?« sagte sie, als ob mein Pseudonym überhaupt nichts erklärte. »Also jetzt: Was und warum?«

Der affenartige Pogy, der neben mir stand, betrachtete mich von oben bis unten.

Ich bin kurz und dick. Mein Gesicht schreckt keine Kinder, aber es ist ein mehr oder weniger ehrlicher Zeuge eines Lebens, das mit Anständigkeit und Luxus nicht grade überlastet worden ist. Die abendliche Unterhaltung hatte mich mit Schnitten und Kratzern verziert und hatte mit dem, was von meiner Kleidung verblieben war, allerlei Allotria getrieben.

»Percy«, wiederholte er und zeigte lückenhafte gelbe Zähne in Form eines Grinsens. »Um Gottes willen, Bruder – deine Leute müssen farbenblind gewesen sein!«

»Das ist das Was und Warum«, sagte ich nachdrücklich zu der Frau, wobei ich dem zoologischen Geschnaufe keinerlei Beachtung schenkte. »Ich bin Percy McGuire, und ich will meine hundertfünfzigtausend Dollar.«

Die Muskeln ihrer Stirn senkten sich auf ihre Augen.

»Du hast also hundertfünfzigtausend Dollar?«

Ich nickte mit meinem Kopf gegen ihr hübsches, grausames Gesicht.

»Jawohl«, sagte ich. »Deshalb komme ich.«

»Oh, du hast sie nicht – du willst sie?«

»Hör mal, Schwester – ich will meinen Zaster.« Ich mußte jetzt Tacheles reden, wenn das Spielchen mal zu Ende gehen sollte. »Dieses Hin und Her von ›Oh, hast du‹ und ›Ja, ich hab‹ macht mich bloß durstig. Wir haben das große Ding gedreht, verstehst du? Und danach, als aus dem Zahltag nichts wurde, da hab ich zu dem Jungen gesagt, mit dem ich gearbeitet hab: ›Mach dir keine Sorgen, wir kriegen unseren Schnitt. Halte dich nur an Percy.‹ Dann kommt Bluepoint daher und sagt, ich soll bei ihm einsteigen, und ich sage ›Klar‹, und ich und der Kleine sind bei ihm eingestiegen, bis wir heute abend in dieser Spelunke Red in die Quere kamen. Da hab ich dem Jungen gesagt: ›Diese Kaffee-und-Kuchen-Schießer werden Red erledigen, und für uns schaut gar nichts dabei raus. Wir werden ihn da rausholen, und er soll uns dahin bringen, wo Big Flora auf der Kiste sitzt. Jetzt, wo nur noch so wenige dabei sind, müßten für uns doch hundertfünfzig Mille drin sein, für jeden. Wenn wir das bekommen haben und dann Red abhängen, ist es in Ordnung. Aber erst das Geschäft, dann das Vergnügen, und hundertfünfzig Goldene sind Geschäft.‹ – So ham wirs dann auch gemacht. Wir haben dem großen Baby ein Schlupfloch aufgemacht, als er keins mehr hatte. Mein Kleiner is mit der Mamsell hier ein bißchen warm geworden und kriegte eine gewischt. Mir war's recht. Wenn sie ihm hundertfünfzig Mille wert war – in Ordnung. Ich bin dann mit Red gegangen. Ich hab den großen Wanderer hier aus dem Schlamassel gezogen, nachdem der Typ ihm die Kugel verpaßt hatte. Rechtens müßte ich eigentlich den Anteil von meinem Kleinen auch kriegen – das wären dann dreihundert Mille für mich; aber gib mir die hundertfünfzig, von denen ich zuerst geredet habe, dann sind wir quitt.«

Ich dachte, daß ich mit diesem Märchen durchkäme. Natürlich rechnete ich nicht damit, daß sie mir irgendwelches Geld gäbe, aber wenn die mittleren und untersten Chargen in der Bande diese Typen hier nicht kannten, wieso sollten die alle Leute in der Bande kennen?

Flora sagte zu Pogy: »Schaff mir diesen verdammten Schrotthaufen von der Haustüre weg.«

Ich fühlte mich besser, als er hinausging. Sie hätte ihn sicher nicht rausgeschickt, um das Auto wegzufahren, wenn sie unverzüglich irgend etwas gegen mich plante.

»Habt ihr was zu essen in dieser Stampe?« fragte ich und machte es mir gemütlich.

Sie ging zum oberen Ende der Treppe und rief hinunter: »Bring uns was zu essen!«

Red war immer noch bewußtlos. Nancy Regan saß bei ihm und hielt ihm eine Hand. Ihr Gesicht war blutleer. Big Flora kam wieder ins Zimmer, betrachtete den Invaliden, legte eine Hand an seine Stirn und fühlte seinen Puls.

»Kommt mal mit runter«, sagte sie.

»Ich – ich möchte lieber hier bleiben, wenn's geht«, sagte Nancy Regan. Ihre Stimme und ihre Augen verrieten ihre heftige Angst vor Flora.

Die große Frau sagte nichts und stieg abwärts. Ich kam hinter ihr her in die Küche, wo der kleine Mann auf einem Herd mit Eiern und Schinken beschäftigt war. Ich stellte fest, daß das Fenster und der Hinterausgang mit dicken Brettern zugenagelt und mit Balken abgestützt waren, die auf den Boden genagelt worden waren. Die Uhr über dem Abguß zeigte 2 Uhr 50 morgens.

Flora holte einen Liter Schnaps heraus und goß für sich und mich je ein Glas voll. Wir saßen am Tisch, und während wir auf unser Essen warteten, fluchte sie auf Red O'Leary und Nancy Regan, weil er sich diese Verletzung eingehandelt hatte, als er das Rendezvous mit ihr einhielt – gerade, als sie seine Kräfte am nötigsten brauchte. Sie schimpfte über sie, erst über jeden einzeln, dann über beide zusammen, und schließlich machte sie noch eine Rassenangelegenheit daraus, indem sie auf alle Iren schimpfte; darauf stellte der kleine Mann uns unsere Schinkeneier hin.

Wir waren mit unserer festen Nahrung zu Ende und rührten

uns soeben unseren Fusel in die zweite Tasse Kaffee, als Pogy zurückkehrte. Er hatte schlechte Nachrichten.

»An der Ecke lungern ein paar Typen herum, die mir nicht gefallen.«

»Bullen oder –« fragte Flora.

»Oder«, sagte er.

Wieder fluchte Flora auf Red und Nancy. Aber sie hatte diese Szene schon ziemlich abgeleiert. Sie wandte sich an mich.

»Wozu bringst du sie überhaupt her?« wollte sie wissen. »Und läßt eine kilometerbreite Spur hinter dir! Warum hast du den Miesling nicht abkratzen lassen, als er seine Pille abkriegte?«

»Ich hab ihn hergebracht, weil ich meine hundertfünfzig Mille will. Wenn du mir die zusteckst, verdufte ich sofort. Was anderes bist du mir nicht schuldig. Ich bin dir nichts schuldig. Mach kein großes Gerede, sondern gib mir meinen Schnitt, dann bin ich hier weg.«

»So siehst du aus!« sagte Pogy.

Die Frau betrachtete mich mit gerunzelter Stirn und trank ihren Kaffee.

Fünfzehn Minuten später kam der schäbige kleine alte Mann in die Küche getrabt und sagte, er hätte Füße auf dem Dach gehört. Seine blaßbraunen Augen waren vor Furcht so stumpf wie die eines Ochsen, und seine runzeligen Lippen zuckten unter seinem zerzausten gelblich-weißen Schnurrbart.

Flora fluchte und nannte ihn einen was weiß ich für einen alten Soundso und jagte ihn wieder die Treppe hoch. Sie stand vom Tisch auf und straffte ihren grünen Kimono um ihren großen Körper.

»Du bist jetzt hier«, sagte sie zu mir, »und du wirst es jetzt mit uns ausbaden. Was anderes gibt's nicht. Hast du einen Schießprügel?«

Ich gab zu, daß ich einen Revolver hatte, aber alles übrige lehnte ich ab.

»Das ist nicht mein Posten hier – noch nicht«, sagte ich. »Nur gegen einhundertfünfzigtausend Eier, bar auf die Hand, wird Percy eingekauft.«

Ich wollte wissen, ob die Beute sich in diesem Etablissement befand.

Von der Treppe her hörte man Nancy Regans tränenreiche Stimme: »Nein, Liebling! Bitte, bitte geh wieder ins Bett! Reddy, Liebling, du bringst dich um!«

Red O'Leary betrat die Küche. Bis auf ein paar graue Hosen und seinen Verband war er nackt. Seine Augen fieberten vor Glück. Seine trockenen Lippen verbreiteten sich zu einem Grinsen. Er hatte einen Revolver in der linken Hand. Sein rechter Arm hing müßig runter. Nancy trippelte hinter ihm her. Sie hörte auf, ihn zu beschwören, und verkroch sich hinter ihm, als sie Big Flora erblickte.

»Schlagt den Gong zur nächsten Runde«, lachte der halbnackte Rotschopf. »Vance ist vor uns auf der Straße.«

Flora ging zu ihm hinüber, legte ihren Finger ans Handgelenk, ließ sie ein paar Sekunden da liegen und nickte.

»Du verrückter Eisenfresser«, sagte sie in einem Ton, der mehr nach mütterlichem Stolz als nach irgendwas anderem klang. »Du bist gerade richtig für eine Schlägerei. Und das ist verdammt gut so, denn die bekommst du jetzt.«

Red lachte – ein triumphierendes Lachen, voller Stolz auf seine Männlichkeit –, dann wandte er seine Augen zu mir. Das Lachen verflog aus ihnen, ein verwunderter Ausdruck machte sie schmal.

»Hallo!« rief er. »Ich hab von dir geträumt, aber ich weiß nicht mehr, was es war. Es war – Moment. Gleich hab ich's. Es war – jawohl! – daß du mir 'ne Kugel reingebrannt hast!«

Flora lächelte mich an – das erste Mal, daß ich sie lächeln sah; dann sagte sie schnell: »Kauf ihn dir, Pogy!«

Ich rollte schräg von meinem Stuhl.

Pogys Faust traf mich an der Schläfe. Ich schwankte durchs Zimmer, gab mir Mühe, auf den Beinen zu bleiben; ich dachte an die Schlagwunde an der Schläfe des toten Motsa Kid.

Pogy war bei mir, als ich gegen die Wand traf und mich aufrichtete.

Ich steckte ihm – platsch – eine Faust auf die Plattnase. Blut spritzte, aber seine haarigen Pranken packten mich. Ich zog mein Kinn ein, fuhr ihm mit dem Kopf ins Gesicht. Big Floras Geruch traf mich stark. Ihr seidenes Kleid rieb sich an mir. Sie griff mit beiden Händen in mein Haar und zerrte meinen Kopf zurück – so daß mein Hals schön stramm für Pogy wurde. Er packte ihn mit seinen Klauen. Ich gab auf. Er würgte mich nicht mehr als nötig, aber das war schlimm genug.

Flora durchwühlte mich nach Revolver und Stahlrute.

»Eine 38er Spezial« – sie nannte das Kaliber des Revolvers. »Ich hab dir eine 38er-Spezial-Patrone rausgeschnitten, Red!« Die Worte drangen schwach durch das Dröhnen in meinen Ohren.

Die Stimme des kleinen alten Mannes schnatterte in der Küche. Ich kapierte nichts von dem, was er sagte. Pogys Hände wurden von mir weggezogen. Ich hielt meine eigenen Hände an meinen Hals. Es war furchtbar – so ohne jeden Druck am Hals.

Aus meinen Augen verschwand allmählich das Schwarz, es hinterließ viele kleine lila Wolken, die immerzu herumwehten. Ich konnte jetzt auf dem Boden sitzen. Ich merkte, daß ich vorher auf ihm gelegen hatte.

Die lila Wölkchen schrumpften, bis ich sehen konnte, daß wir jetzt nur noch zu dritt im Zimmer waren. In einer hinteren Ecke in einen Sessel gekauert saß Nancy Regan. Auf einem andern Stuhl, neben der Tür, in der Hand eine schwarze Pistole, saß der ängstliche alte Mann. In seinen Augen waren Schrecken und Verzweiflung. Seine Hand mit der Pistole war zitternd auf mich gerichtet. Ich versuchte die Bitte zu äußern, daß er entweder nicht mehr zittern oder seine Pistole woanders hin richten sollte, aber ich konnte noch kein Wort herausbringen.

Im Obergeschoß donnerten die Revolver, ihre Schüsse klangen überlaut durch das winzige Häuschen.

Der kleine Mann zuckte zusammen.

»Ich will hier weg«, flüsterte er, unerwartet plötzlich. »Ich gebe Ihnen alles, bestimmt! Wenn Sie mir nur helfen, hier rauszukommen!«

Dieses schwache Zukunftslicht – nachdem es vorher nur ein Schimmer gewesen war – machte meinen Stimmapparat wieder gebrauchsfähig. Es gelang mir, »Zur Sache« zu sagen.

»Ich lasse Ihnen die da oben – diesen weiblichen Teufel. Das Geld gebe ich Ihnen, ich gebe Ihnen alles – wenn Sie mir raushelfen. Ich bin alt. Ich bin krank. Ich kann nicht im Gefängnis leben. Was hab ich mit solchen Räubereien zu tun? Gar nichts. Bin ich schuld, daß die Teufelin –? Sie haben es ja gesehen. Ich bin ein Sklave – und ich bin fast am Ende meines Lebens. Schimpfen, Fluchen, Schläge – und nicht genug damit. Jetzt muß ich auch noch ins Gefängnis, weil die Teufelin eine Teufelin ist. Ich bin ein alter Mann und kann nicht im Gefängnis leben. Bitte lassen Sie mich raus. Tun Sie mir die Liebe. Ich liefere Ihnen diese Teufelin aus, und die andern Teufel und das Geld, das sie gestohlen haben. Dann können Sie es doch machen!« Auf diese Weise krümmte sich der kleine alte Mann in seiner Panik auf dem Stuhl.

»Wie soll ich Ihnen raushelfen?« fragte ich und stand vom Boden auf; ich hatte seinen Revolver im Auge. Wenn ich da dran käme, während wir redeten!

»Wieso nicht? Sie sind ein Freund der Polizei – soviel weiß ich auch. Die Polizei ist jetzt hier – die warten nur auf das Tageslicht, dann kommen sie herein. Ich selbst sah mit meinen alten Augen, wie sie Bluepoint Vance gegriffen haben. Sie können mich mitnehmen, hinaus, und an Ihren Freunden, der Polizei vorbei. Tun Sie, was ich sage, und ich liefere Ihnen diese Teufel aus und das Geld.«

»Klingt gut«, sagte ich und machte einen kühnen Schritt auf ihn zu. »Kann ich denn einfach hier rauswandern, wenn ich will?«

»Nein! Nein!« sagte er, ohne darauf zu achten, daß ich einen zweiten Schritt auf ihn zu machte. »Aber erst gebe ich Ihnen diese drei Teufel. Sie kriegen sie lebend und machtlos. Und ihr Geld. Das tu ich wirklich, und dann holen Sie mich raus – und dieses Mädchen hier.« Er nickte plötzlich zu Nancy hin, deren weißes Gesicht, das trotz ihres Schreckens immer noch hübsch war, überwiegend aus Augen bestand. »Sie hat auch nichts zu tun mit den Verbrechen dieser Teufel. Sie soll mit mir kommen.«

Ich fragte mich verwundert, was dieses alte Kaninchen denn tun zu können glaubte. Ich runzelte die Stirn, übertrieben nachdenklich, während ich wieder einen Schritt auf ihn zu tat.

»Machen Sie sich nichts vor«, flüsterte er ernsthaft. »Wenn diese Teufelin zurück in dieses Zimmer kommt, dann werden Sie bestimmt umgelegt.«

Noch drei Schritte. Zu spät für den Sprung.

»Ja?« zischte er verzweifelt.

Ich nickte – eine Zehntelsekunde, bevor Big Flora zur Tür hereinkam.

Ihr Kampfanzug bestand aus einem Paar blauer Hosen, die wohl Pogy gehörten, perlenbestickten Sandalen und einer Seidenweste. Ein Band hielt ihr das gelbe Lockenhaar aus dem Gesicht. Sie hatte einen Revolver in einer Hand und je einen in jeder Hüfttasche.

Der in ihrer Hand fuhr hoch.

»Du bist erledigt«, sagte sie zu mir in nüchternem Ton.

Mein neuer Verbündeter jammerte: »Warte doch, Flora! Nicht so, nicht hier, bitte! Ich will ihn in den Keller bringen!«

Sie schaute ihn finster an und zuckte mit den seidenen Schultern.

»Aber schnell«, sagte sie. »In einer halben Stunde ist es hell!«

Mir war zu sehr zum Weinen zumut, als daß ich lachen konnte. Sollte ich wirklich glauben, daß diese Frau sich von diesem Kaninchen überreden ließ? Daß sie seinetwegen ihre Pläne änderte? Ich muß die Hilfe dieses alten Vogels wohl ziemlich ernst genommen haben, sonst würde ich nicht so enttäuscht sein, wenn er mir erzählte, daß er mich hereingelegt hatte. Aber egal, in was für eine Grube sie mich auch fallen ließen – schlimmer, als es schon war, konnte es nicht werden.

Also ging ich vor dem alten Mann in den Flur, öffnete die Tür, die er mir nannte, knipste das Kellerlicht an und stieg die groben Stufen hinunter.

Hinter mir flüsterte er: »Erst zeige ich Ihnen das Geld, und dann liefere ich Ihnen diese Teufel aus. Aber vergessen Sie auch Ihr Versprechen nicht? Ich und das Mädchen sollen durchkommen, und die Polizei soll uns nicht aufhalten!«

»Jaja«, versicherte ich dem alten Narren.

Er trat neben mich und schob mir einen Revolver in die Hand.

»Verstecken!« zischte er, und als ich ihn eingesteckt hatte, gab er mir noch einen, den er mit seiner anderen Hand aus dem Inneren seiner Jacke zog.

Dann zeigte er mir tatsächlich die Beute. Sie war noch immer in den Kisten und Säcken, in denen sie aus der Bank geschafft worden war. Er wollte unbedingt, daß ich ein paar Behälter aufmachte, um mir das Geld zu zeigen – grüne Bündel, mit den gelben Bauchbinden der Bank. Die Kisten und Säcke waren in einer kleinen Backsteinkammer aufgestapelt; die Tür war mit einem Vorhangschloß gesichert, zu dem er den Schlüssel hatte.

Er machte die Tür zu, als wir uns alles angesehen hatten, aber er verschloß sie nicht; dann führte er mich ein Stück des Weges zurück, auf dem wir gekommen waren.

»Also da ist das Geld, wie Sie sehen«, sagte er. »Jetzt kommen die da oben dran. Sie stellen sich hier hin und verstecken sich hinter diesen Kisten.«

Der Keller wurde durch eine Trennwand in zwei Hälften geteilt. Darin war eine Türöffnung ohne Tür. Die Stelle, wo ich mich nach den Worten des alten Mannes verstecken sollte, war dicht neben dieser Türöffnung, zwischen der Trennwand und vier Packkisten. Wenn ich mich dort versteckte, dann war ich rechts und halb im Rücken eines jeden, der hier die Treppe runterkam und durch den Keller zu der Kammer ging, in der sich das Geld befand. Das heißt, in dieser Stellung wäre ich, wenn sie die Türöffnung in der Trennwand passierten.

Der Alte wühlte unter einer der Kisten herum. Er zog ein halbmeterlanges Stück Bleirohr hervor, das in ein Stück schwarzen Gartenschlauch gesteckt worden war. Das überreichte er mir und erklärte dann den ganzen Ablauf.

»Sie werden einzeln hier herunterkommen. Wenn sie durch diese Tür kommen, werden Sie schon wissen, was Sie mit dem da machen müssen. So kriegen Sie sie alle, und ich habe ja Ihr Versprechen. Stimmt's?«

»Ja, sicher«, sagte ich – mir war, als schwebte ich. Er stieg die Treppe hinauf. Ich hockte mich hinter die Kisten und untersuchte die Schießeisen, die er mir gegeben hatte – und verdammt will ich sein, wenn irgendwas daran nicht in Ordnung war. Sie waren geladen und schienen zu funktionieren. Dieses letzte Detail machte mich völlig high, ich wußte nicht, ob ich in einem Keller oder in einem Luftballon war.

Als Red O'Leary – abgesehen von Hosen und Verband noch immer nackt – in den Keller stieg, mußte ich heftig den Kopf schütteln, um zu mir zu kommen – rechtzeitig genug, um ihm eine hinten auf seine Rübe zu pfeffern, als sein erster nackter Fuß in der Türöffnung erschien. Er flog vornüber auf sein Gesicht.

Der Alte eilte die Treppe hinunter und grinste breit.

»Schnell! Schnell!« keuchte er und half mir, den Rotkopf in die Geldkammer zu zerren. Dann zog er zwei Enden Seil hervor und band den Riesen an Füßen und Armen.

»Schnell«, keuchte er wieder und verließ mich, um die Treppe wieder raufzulaufen, während ich wieder in mein Versteck kroch und das Bleirohr fest in die Hand nahm; ich grübelte, ob Flora mich vielleicht wirklich erschossen hatte und ich mich nun am Lohn für meine Tugend ergötzte – in einem Himmel, wo ich mich für immer und ewig dabei vergnügen konnte, Leuten, die mich auf Erden hart angefaßt hatten, einen überzuziehen.

Der affenartige Schädelknacker kam herunter und erreichte

die Tür. Ich knackte seinen Schädel. Der kleine Mann eilte herbei. Wir schleiften Pogy in die Zelle und fesselten ihn.

»Schnell!« keuchte der alte Vogel und hüpfte aufgeregt auf und ab. »Jetzt kommt die Teufelin dran – gib's ihr feste!« Er kraxelte die Treppe hinauf, ich konnte sein Füßegetrappel über mir hören.

Ich schüttelte eine kleine Verwirrung von mir ab; ich machte Platz für ein bißchen Grips in meinem Schädel. Diese Narretei hier konnte es einfach nicht geben. Das konnte doch nicht so gehen. Nichts konnte so einfach ablaufen. Man stand nicht an Ecken und schlug Leute nieder – einen nach dem anderen, wie eine Maschine –, während ein magerer kleiner Typ oben am anderen Ende sie einem zuschickte. Es war zu idiotisch! Ich hatte genug davon!

Ich ging an meinem Versteck vorbei, legte das Bleirohr weg und fand eine andere Stelle zum Verstecken, in der Nähe der Treppe unter einem Bord. Da hockte ich mich hin, in jeder Hand eine Pistole. Dieses Spiel hier hatte einen klebrigen Rand, da war was faul dran. Ich spielte da nicht mehr mit.

Flora stieg die Treppe herunter. Hinter ihr stapfte der kleine Mann.

Flora hatte in jeder Hand eine Kanone. Ihre grauen Augen waren überall. Ihr Kopf war gebeugt wie bei einem Tier, das zum Kampf ansetzt. Ihre Nasenlöcher bebten. Ihr Körper, der sich nicht langsam und nicht schnell bewegte, war in schwebendem Gleichgewicht wie der einer Tänzerin. Und wenn ich eine Million Jahre alt werde: Nie vergesse ich das Bild dieser schönen, grausamen Frau, wie sie da die Treppe herunterkam. Sie war ein schönes, kampfgestähltes Tier auf dem Weg in den Krieg.

Sie erblickte mich, als ich mich aufrichtete.

»Laß sie fallen«, sagte ich, obgleich ich wußte, daß sie das nicht tat.

Der kleine Mann zog schnell eine federnde, braune Stahlrute aus seinem Ärmel und schlug sie hinter das Ohr, als sie gerade ihren linken Revolver auf mich richtete. Ich machte einen Satz und fing sie auf, bevor sie auf den Zementboden krachte.

»Na, sehen Sie!« sagte der alte Mann freudig. »Sie haben das Geld, und die da haben Sie auch. Und jetzt werden Sie mich und das Mädchen rausbringen.«

»Erst mal werden wir diese da drüben bei den anderen verstauen«, sagte ich.

Nachdem er mir dabei geholfen hatte, sagte ich, er solle die Tür der Zelle abschließen. Das machte er, und ich nahm in die eine Hand den Schlüssel, in die andere sein Genick. Er wand sich wie eine Schlange, als ich mit der anderen Hand seine Kleider abtastete; ich nahm ihm die Stahlrute und einen Revolver ab und fand Geld, das mit einem Gürtel um seine Taille geschnallt war.

»Nehmen Sie ihn ab«, befahl ich. »Sie werden nichts mit raus nehmen.«

Seine Finger fummelten an der Schnalle, er zog den Gürtel aus seiner Kleidung und ließ ihn zu Boden fallen. Er war gut gestopft.

Ich hatte ihn immer noch am Genick und führte ihn nun hinauf; das Mädchen saß immer noch angewurzelt auf dem Küchenstuhl. Es brauchte einen gehörigen Schluck Whisky und viele Worte, sie aufzutauen; allmählich verstand sie, was mit dem alten Mann los war, und daß sie zu niemandem, vor allem nicht zu der Polizei, ein Wort sagen sollte.

»Wo ist Reddy?« fragte sie, als in ihr Gehirn das Denken und in ihr Gesicht etwas Farbe zurückgekehrt war – auch in der schlimmsten Verfassung war es immer noch hübsch gewesen.

Er sagte ihr, daß er in Ordnung sei, und versprach, daß er, bevor der Morgen vorüber war, in einem Krankenhaus sein würde. Sonst fragte sie nichts. Ich ging mit ihr in den ersten Stock, um ihren Hut und Mantel zu holen, dann mit dem alten Mann, damit er seinen Hut holte, und stellte die beiden dann in das Vorderzimmer im Erdgeschoß.

»Bleibt hier, bis ich euch abhole«, sagte ich, verschloß die Zimmertür und steckte den Schlüssel ein.

Die Haustür und das Fenster, das im Erdgeschoß nach vorne sah, waren ebenso wie die rückwärtigen mit Brettern und Balken verbarrikadiert worden. Ich wollte das Wagnis nicht eingehen, sie zu öffnen, obgleich es inzwischen ziemlich hell war. Deshalb ging ich nach oben, fabrizierte aus einer Kissenhülle und einem Bettlaken eine weiße Fahne, steckte sie aus einem Fenster und wartete, bis eine schwere Stimme sagte: »Na schön, sag, was du zu sagen hast«; darauf zeigte ich mich und sagte zur Polizei, daß ich sie reinlassen würde.

Es kostete mich fünf Minuten Arbeit mit einem Beil, die Haustür aufzubrechen. Der Polizeichef, der Kriminaldirektor und die Hälfte der gesamten Polizeistreitmacht warteten auf der Eingangstreppe und auf der Straße, als ich die Tür offen hatte. Ich führte sie in den Keller und übergab ihnen Big Flora, Pogy und Red O'Leary mitsamt dem Geld. Flora und Pogy waren wach, aber sie redeten nicht.

Während die Oberbonzen sich um das Beutegut herumdrängten, ging ich nach oben. Das Haus wimmelte von Polizeispürhunden. Wir begrüßten uns gegenseitig, während ich zu dem Zimmer hinüberschlenderte, wo ich Nancy und den alten Uhu gelassen hatte. Leutnant Duff versuchte das Türschloß aufzukriegen, O'Gar und Hunt standen hinter ihm.

Ich grinste Duff an und reichte ihm den Schlüssel. Er machte die Tür auf, schaute den alten Mann und das Mädchen an – vor allem das Mädchen – und dann mich. Sie standen mitten im Zimmer. Die blassen Augen des alten Mannes waren voll elender Angst, die blauen Augen des Mädchens waren dunkel und furchtsam. Die Furcht beeinträchtigte ihr Aussehen keineswegs.

»Wenn sie dir gehört, verstehe ich, daß du sie eingeschlossen hast«, murmelte O'Gar mir ins Ohr.

»Ihr könnt jetzt weg hier«, sagte ich zu den beiden im Zimmer. »Schlaft euch erst mal aus, bevor ihr wieder zur Arbeit kommt.«

Sie nickten und verließen das Haus.

»So ist das also in eurer Agentur – ausgleichende Gerechtigkeit«, sagte Duff. »Die weiblichen Angestellten machen's wieder gut, wenn die männlichen so häßlich sind.«

Dick Foley betrat die Eingangsdiele.

»Wie ging's denn bei dir?«

»Ende gut, alles gut. Angel, der Engel, führte mich zu Vance. Der führte mich hierher. Ich führte die Polypen her. Die erwischten ihn – und sie.«

Auf der Straße krachten zwei Schüsse.

Wir liefen zur Tür und sahen eine Aufregung in einem Polizeiwagen weiter vorne in der Straße. Wir gingen hin. Bluepoint Vance krümmte sich halb auf dem Sitz, halb auf dem Boden – um seine Handgelenke waren Handschellen.

»Wir hatten ihn hier im Wagen, Houston und ich«, erklärte ein schmallippiger Detektiv in Zivilkleidung. »Er machte einen Satz und packte mit beiden Händen Houstons Kanone. Ich mußte zweimal schießen. Der Captain wird toben! Gerade ihn wollte er unverletzt, als Zeugen gegen die anderen. Weiß Gott, wenn er es nicht gewesen wär, oder Houston, ich hätt nicht geschossen!«

Duff schimpfte den Detektiv einen ungeschickten, blöden Macker, während sie Vance wieder auf seinen Sitz zerrten. Bluepoints gequälte Augen fixierten mich.

»Kenn ich – dich – nicht?« fragte er, unter Schmerzen. »Continental – New – York?«

»Ja«, sagte ich.

»Wußte nicht – woher ich dich – bei Larrouy's – mit Red?«

»Ganz recht«, sagte ich zu ihm. »Ich hab Red, Flora, Pogy und das Moos.«

»Aber Papa – dop – oul – os nicht.«

»Papa doppt – wen?« fragte ich ungeduldig – über meinen Rücken lief ein kalter Schauer.

Er richtete sich auf seinem Sitz auf.

»Papadopoulos«, wiederholte er – in seiner Todesqual raffte er alle Kraft zusammen, die noch in ihm war. »Ich wollte ihn abschießen – ich sah ihn fortgehen – mit 'm Mädchen – der Polyp war – zu schnell – ich wünsch ...«

Die Worte gingen ihm aus. Er schüttelte sich. Einen Millimeter hinter seinen Augen stand der Tod. Ein Sanitäter in weißem Kittel versuchte an mir vorbei in das Auto zu gelangen. Ich stieß ihn weg, beugte mich hinein und packte Vance an den Schultern. Mein Genick war aus Eis. Mein Magen war leer.

»Bluepoint, hör zu!« schrie ich ihm ins Gesicht. »Papadopoulos? Der kleine Alte? Hat alles organisiert?«

»Ja«, sagte Vance, und mit diesem Wort kam sein letztes Lebensblut über seine Lippen.

Ich ließ ihn auf seinen Sitz zurückfallen und machte mich davon.

Aber natürlich! Wie konnte mir das entgehen! Der kleine alte Gauner – wenn er, bei aller Furchtsamkeit, nicht die treibende Kraft gewesen war – wie hätte er mir sonst die anderen ausliefern können – einen nach dem anderen? Sie waren in die Enge getrieben. Es hieß: Im Kampf umkommen oder sich ergeben und aufgehängt werden. Sie hatten keinen Ausweg. Die Polizei hatte Vance in der Hand, und der konnte und würde ihnen erzählen, daß der kleine Habicht der Mann im Hintergrund war – er hatte keine Chance bei seinem Alter, seiner Schwäche und der Rolle, die er spielte – als Sklave der anderen; keine Chance vor Gericht.

Und dann war ich da – ich hatte keine Wahl, als sein Angebot anzunehmen. Sonst nur noch Dunkelheit für mich. Ich war Wachs in seinen Händen gewesen, und seine Komplizen waren Wachs gewesen. Er hatte sie ebenso hereingelegt, wie sie ihm geholfen hatten, die anderen hereinzulegen – und ich hatte ihn laufenlassen.

Und jetzt mußte ich also die ganze Stadt auf den Kopf stellen, um ihn zu finden – ich hatte nur versprochen, ihn aus dem Haus herauszubringen – aber danach ...

Was für ein Leben!

$ 106 000 Blutgeld

»Ich bin Tom-Tom Carey«, sagte er, wobei er die Worte langzog.

Ich deutete mit einem Kopfnicken auf den Stuhl seitlich von meinem Schreibtisch und taxierte ihn, während er sich zum Stuhl bewegte. Groß, mit mächtigem Brustkasten und schmächtigem Bauch, mochte er sich auf, sagen wir: hundertneunzig Pfund belaufen. Sein dunkelhäutiges Gesicht war hart wie eine Faust, aber nicht böse. Es war das Gesicht eines Mannes, der ein hartes Leben lebte und dabei prächtig gedieh. Sein blauer Anzug war gut, und er trug ihn gut.

In seinem Stuhl wickelte er braunes Papier um eine Portion Bull-Durham-Tabak und beendete seine Vorstellung: »Ich bin der Bruder von Paddy, dem Mex.«

Ich dachte, daß er wahrscheinlich die Wahrheit sagte. Paddy hatte eine ähnliche Gesichtsfarbe und ein ähnliches Benehmen gehabt.

»Dann wäre Ihr richtiger Name Carrera«, vermutete ich.

»Ja.« Er zündete seine Zigarette an. »Alfredo Estanislao Cristobal Carrera, wenn Sie's genau wissen wollen.«

Ich fragte ihn, wie man Estanislao buchstabierte, schrieb seinen Namen auf einen Zettel, wobei ich *alias Tom-Tom Carey* hinzufügte, klingelte Tommy Howd herbei und sagte ihm, er sollte unseren Archivangestellten nachsehen lassen, ob wir was über ihn hätten.

»Während Ihre Leute das alte Zeug ausgraben, erzähl ich Ihnen mal, warum ich hier bin«, sagte der Mann langgezogen durch den Rauch, nachdem Tommy mit dem Zettel verschwunden war.

»Bitter, daß Paddy so abkratzen mußte«, sagte ich.

»Um lang zu leben, hatte er zuviel verdammtes Vertrauen«, erklärte sein Bruder. »Die Sorte *hombre* war er – vor vier Jahren hab ich ihn zum letzten Mal gesehn, hier in San Franzisko. Ich war gerade von 'nem Job aus, ist ja egal woher, zurück. Jedenfalls war ich pleite. Statt Perlen hatte ich nur 'nen Streifschuß über der Hüfte mitgebracht. Paddy war um die fünfzehntausend schwer, die er gerade jemand abgeknöpft hatte. An dem Nachmittag, als ich ihn traf, hatte er 'ne Verabredung, bei der er nicht gern mit 'nem Haufen Geld aufkreuzen wollte. Also hat er mir die fünfzehntausend gegeben, damit ich sie ihm bis zum Abend aufhebe.«

Tom-Tom Carey blies Rauch aus und lächelte sanft an mir vorbei, seiner Erinnerung zu.

»So 'ne Sorte *hombre* war er«, fuhr er fort. »Vertraute sogar dem eigenen Bruder. Ich ging noch am gleichen Nachmittag nach Sacramento und erwischte einen Zug nach dem Osten. Ein Mädchen in Pittsburg hat mir geholfen, das Geld auf den Kopf zu hauen. Laurel hieß sie. Stand auf Rye-Whisky mit Milch und soff das Zeug wie Wasser. Und ich hab mitgehalten, bis alles in mir sauer und geronnen war, und seit der Zeit hab ich nicht den geringsten Bock auf Weichkäse. Also auf diesen Papadopoulos gibt's 'ne Belohnung von hunderttausend Dollar, oder?«

»Und sechs. Die Versicherungsgesellschaften haben hunderttausend zusammengekratzt, die Vereinigung der Banker fünf und die Stadt tausend.«

Tom-Tom Carey warf den Rest seiner Zigarette in den Spucknapf und fing an, sich eine neue zusammenzufingern.

»Angenommen, ich bring ihn Ihnen?« fragte er. »Durch wieviel Hände geht das Geld dann?«

»Hier bleibt nichts hängen«, versicherte ich ihm. »Die *Continental-Detektei* rührt Belohnungen nicht an – und erlaubt das auch ihren Leuten nicht. Wenn jemand von der Polizei ihn mit einbuchtet, wird er seinen Anteil wollen.«

»Aber wenn nicht, krieg ich alles?«

»Wenn Sie ihn ohne Hilfe oder nur mit unsrer Hilfe krallen.«

»Mach ich.« Er sagte das beiläufig. »Mit der Verhaftung wärn wir dann durch. Doch was ist mit der Verurteilung? Wenn Sie ihn haben, können Sie ihn dann ans Kreuz nageln?«

»Das müßte ich schaffen, aber er wird vor einer Jury stehen – und das heißt, daß alles mögliche passieren kann.«

Die muskulöse braune Hand mit der braunen Zigarette machte eine lässige Bewegung.

»Dann ist es vielleicht besser, ein Geständnis aus ihm herauszuholen, bevor ich ihn hier anschleppe«, sagte er beiläufig.

»Das wär schon sicherer«, sagte ich zustimmend. »Sie sollten das Halfter da ein, zwei Zoll tiefer schnallen. Der Griff Ihrer Knarre sitzt zu hoch. Man sieht die Ausbeulung, wenn Sie sitzen.«

»Mhm, mhm. Sie meinen die an der linken Schulter. Ich hab sie einem Kerl abgeknöpft, nachdem mir meine weggekommen war. Der Gurt ist zu kurz. Heut nachmittag besorg ich mir 'nen neuen.«

Tommy kam mit einem Schnellhefter mit der Aufschrift *Tom-Tom, 136-C* herein. Im Hefter waren ein paar Zeitungsausschnitte, der älteste lag zehn Jahre zurück, der neueste war acht Monate alt. Ich überflog sie und reichte jeden einzelnen dem dunkelhäutigen Mann hinüber, sobald ich durch war. Tom-Tom Carey war in den Ausschnitten als Glücksritter, Revolverheld, Betrüger, Schmuggler und Pirat beschrieben. Aber es waren bloß Behauptungen, Verdächtigungen, Vermutungen. Er war mehrmals festgenommen, aber nie verurteilt worden.

»Die tun mir unrecht.« Er beschwerte sich ohne Erregung, als er mit dem Lesen fertig war. »Zum Beispiel war's nicht meine Schuld, daß dieses chinesische Kanonenboot gestohlen wurde. Man hat mich dazu gezwungen – ich war derjenige, der aufs Kreuz gelegt wurde. Nachdem die das Zeug an Bord hatten, wollten sie nicht zahlen. Ich konnt's nicht ausladen. Mir blieb nichts übrig, als das Schiff mitsamt dem Zeug zu nehmen. Diese Versicherungsgesellschaften müssen ganz schön scharf auf diesen Papadopoulos sein, wenn sie ihm hunderttausend anhängen.«

»Das ist noch billig, wenn sie ihn damit an Land ziehen«, sagte ich. »Vielleicht ist er nicht ganz so, wie ihn die Zeitungen ausmalen, aber er ist mehr als 'ne Handvoll. Er hat sich 'ne ganze verdammte Armee von Killern hier zusammengesammelt, hat 'nen Block im Bankenviertel besetzt, die zwei größten Banken ausgeplündert, das gesamte Polizeidepartment zurückgeschlagen, ist mit der Beute abgehaun, hat seine Armee abgehängt, ein paar seiner Lieutenants dazu benutzt, noch mehr von seinen Leuten umzulegen – dabei hat's Ihren Bruder erwischt –, und dann hat er mit Hilfe von Pogy Reeve, Big Flora Brace und Red O'Leary den Rest seiner Lieutenants beseitigt. Und wie Sie wissen, waren seine Lieutenants keine Schuljungen – es waren so ausgebuffte Ganoven wie Bluepoint Vance und Zitter-Kid und Darby M'Laughlin – Vögel, die wußten, wo's langgeht.«

»Mhm, mhm.« Carey blieb unbeeindruckt. »Aber gleichzeitig war's 'ne Pleite. Ihr habt den ganzen Zaster zurückbekommen, und er ist grade noch so entwischt.«

»Eine böse Panne für ihn«, erklärte ich. »Red O'Leary hatte 'nen schwern Anfall von Liebe und Eitelkeit. Sie können das Papadopoulos nicht ankreiden. Glauben Sie bloß nicht, daß er nur halbschlau ist. Er ist gefährlich, und ich kann diese Versicherungsgesellschaften verstehen, wenn die denken, daß sie besser schlafen würden, wenn er nicht frei herumläuft und sich ein paar neue Tricks gegen die von ihnen versicherten Banken ausdenken kann.«

»Aber viel wissen Sie nicht von diesem Papadopoulos, oder?«

»Nein.« Ich sagte die Wahrheit. »Und so geht es allen. Das Hunderttausender-Angebot hat aus der Hälfte aller Ganoven in diesem Land Spürhunde gemacht. Sie sind so scharf auf ihn wie wir – und das nicht bloß wegen der Belohnung, sondern um ihm seinen Verrat heimzuzahlen. Und sie wissen genausowenig von ihm wie wir – daß er seine Finger in 'nem Dutzend oder mehr Jobs hatte, daß er der Kopf war, der hinter Bluepoint Vances Aktienschwindeleien steckte und daß seine Feinde die Angewohnheit haben, jung zu sterben. Aber keiner weiß, woher er kommt und wo sein Zuhause ist. Glauben Sie bloß nicht, daß ich ihn als einen Napoleon verkaufen will oder als ein Superhirn, wie sie in den Sonntagsbeilagen besungen werden – aber er ist ein geriebener schlauer Knabe. Wie Sie sagen: ich weiß wenig über ihn – aber es gibt ’ne Menge Leute, über die ich wenig weiß.«

Tom-Tom Carey nickte, wie um zu zeigen, daß er meinen Schluß verstanden hatte, und begann sich seine dritte Zigarette zu drehen.

»Ich war in Nogales, als Angel Grace Cardigan mir steckte, daß es Paddy erwischt hatte«, sagte er. »Fast einen Monat ist das her. Sie schien zu glauben, daß ich *pronto* hier aufkreuzen würde – aber es ging nicht um meine Haut. Ich ließ die Sache auf sich beruhn. Aber letzte Woche hab ich in ’ner Zeitung von dem ganzen Lösegeld gelesen, das auf diesen *hombre* ausgesetzt ist, der, wie das Mädchen sagte, Paddy auf dem Gewissen hat. Das ändert die Sache – um ganze hunderttausend Dollar. So bin ich hier rauf, hab mit ihr geredet und bin dann hierhergekommen, um sicherzugehen, daß nichts zwischen mir und dem Blutgeld steht, wenn ich die Schlinge um diesen Papadoodle lege.«

»Hat Angel Grace Sie zu mir geschickt?« fragte ich.

»Mhm, mhm – bloß daß sie das nicht weiß. Sie hat Sie in die Geschichte gezogen, sagte, Sie wären ’n Freund von Paddy gewesen, für ’n Spitzel ’n guter Kerl und scharf wie der Teufel auf diesen Papadoodle. Daher hab ich mir gedacht, daß Sie der richtige Kavalier für ’nen Besuch wärn.«

»Wann sind Sie von Nogales weg?«

»Am Dienstag, letzte Woche.«

»Dann«, sagte ich und strengte mein Gedächtnis an, »war das einen Tag, nachdem Newhall jenseits der Grenze ermordet wurde.«

Der dunkelhäutige Mann nickte. Nichts in seinem Gesicht veränderte sich.

»Wie weit weg war das von Nogales?« fragte ich.

»Er wurde in der Nähe von Oquita abgeknallt – das ist so ziemlich siebzig Meilen südwestlich von Nogales. Interesse?«

»Nein – ich hab mir nur Gedanken darüber gemacht, daß Sie einen Tag, nachdem er umgebracht worden war, die Gegend dort verlassen haben, um hierherzukommen, wo er gelebt hat. Haben Sie ihn gekannt?«

»Man hat mich in Nogales auf ihn aufmerksam gemacht. Als einen Millionär aus San Franzisko, der mit 'ner Gruppe Leute unterwegs ist, um sich einige Bergwerke in Mexiko anzuschauen. Ich hatte mir schon ausgemalt, daß ich ihm später vielleicht was verkaufen könnte, aber die mexikanischen Patrioten haben ihn vor mir erwischt.«

»Und deshalb sind Sie in den Norden gekommen?«

»Mhm, mhm. Das Geschrei danach hat mein Geschäft versaut. Ich hatte ein hübsches kleines Geschäft in, na sagen wir: Nachschub, hin und zurück über die Grenze. Durch seine Ermordung kam die ganze Gegend ins Scheinwerferlicht. Daher hab ich mir gedacht, besser hier raufkommen, die hunderttausend kassieren und den Dingen dort unten Gelegenheit geben, sich wieder zu beruhigen. Ehrlich, Bruder, ich hab seit Wochen keinen Millionär umgelegt, wenn's das ist, was Ihnen Kopfschmerzen macht.«

»In Ordnung. Wenn ich richtig kapiert habe, bauen Sie darauf, Papadopoulos zu greifen. Angel Grace hat nach Ihnen geschickt, weil sie glaubt, Sie würden ihn allein wegen Paddys Ermordung über den Haufen rennen, aber für Sie geht's ums Geld, deshalb wollen Sie gemeinsam mit mir und Angel spielen. Hab ich recht?«

»Genau.«

»Sie wissen, was passiert, wenn sie rauskriegt, daß Sie mit mir an einem Strick ziehen?«

»Mhm, mhm! Sie wird einen Anfall kriegen – ist ziemlich nervös, wenn man 'ne Sache nicht sauber von der Polizei trennt, hab ich recht?«

»Und wie – jemand hat ihr mal was von Ehre unter Dieben vorgesungen, darüber kommt sie nicht hinweg. Ihr Bruder brummt gerade im Norden 'ne Strafe ab – Johnny der Klempner hat ihn verpfiffen. Ihr Kerl Paddy wurde von den eignen Kumpeln weggeputzt. Hat sie was daraus gelernt? Nicht die Bohne. Lieber läßt die Papadopoulos frei herumlaufen, als daß sie sich mit uns zusammentut.«

»Das geht in Ordnung«, versicherte mir Tom-Tom Carey. »Mich hält sie für 'nen guten Bruder – Paddy hat ihr, scheint's, nicht viel von mir erzählt. Und ich komm schon klar mit ihr. Lassen Sie sie beschatten?«

Ich sagte: »Ja – seit sie raus ist, dauernd. Man hat sie am gleichen Tag geschnappt, als man Flora und Pogy und Red einbuchtete, aber wir haben nichts gegen sie in der Hand, außer daß sie Paddys Mädchen war, deshalb machte ich, daß man sie laufen ließ. Wieviel Zeug haben Sie aus ihr herausgeholt?«

»Beschreibungen von Papadoodle und Nancy Regan. Und das ist auch schon alles. Sie weiß über die nicht mehr als ich. Was hat das Regan-Mädchen damit zu schaffen?«

»Kaum was, außer daß sie uns vielleicht zu Papadopoulos führt. Sie war Reds Mädchen. Weil er 'ne Verabredung mit ihr einhielt, flog die ganze Sache auf. Als Papadopoulos verduftete, nahm er ein Mädchen mit. Keine Ahnung, warum. Mit dem Überfall hatte sie jedenfalls nichts zu tun.«

Tom-Tom Carey hatte sich seine vierte Zigarette gedreht und angezündet. Er stand auf.

»Wir sind einig?« fragte er und griff sich seinen Hut.

»Wenn Sie Papadopoulos ranschaffen, werd ich drauf sehen, daß Sie jeden versprochenen Nickel bekommen«, erwiderte ich. »Und ich lasse Ihnen freie Bahn – ich werde Ihnen nicht im Weg sein, indem ich mir ein Bein ausreiße, Ihnen bei der Arbeit auf die Finger zu schaun.«

Er sagte, das sei ziemlich anständig, erzählte mir, daß er in einem Hotel in der Ellis Street wohne, und ging hinaus.

Als ich das Büro des verstorbenen Taylor Newhall anrief, sagte man mir, daß ich seinen Landsitz einige Meilen südlich von San Franzisko anrufen sollte, falls ich Informationen über seine Angelegenheiten wollte. Ich probierte es. Eine amtlich klingende Stimme, die behauptete, zum Butler zu gehören, sagte mir, daß Newhalls Rechtsanwalt, Franklin Ellert, die Person sei, an die ich mich zu wenden habe. Ich ging hinüber zum Büro von Ellert.

Er war ein nervöser, leicht erregbarer Mann, der lispelte und dessen Augen unter hohem Blutdruck hervorquollen.

»Gibt es irgendeinen Grund«, fragte ich gradeheraus, »für die Annahme, daß Newhalls Ermordung ein bißchen mehr war als nur der Wutausbruch eines mexikanischen Banditen? Ist es wahrscheinlich, daß er vorsätzlich getötet wurde und nicht bloß, weil er sich seiner Gefangennahme widersetzte?«

Rechtsanwälte haben es nicht gern, wenn man sie ausfragt. Der hier sabberte, zog Gesichter und ließ seine Augen noch weiter herausquellen und gab mir selbstverständlich keine Antwort.

»Wie? Wie?« fauchte er unfreundlich. »Erklären Fie mir, waf Fie damit meinen.«

Er glotzte zuerst mich, dann seinen Tisch an, schob mit nervösen Händen Papiere hin und her, als ob er nach einer Polizeipfeife suchte. Ich erzählte ihm meine Geschichte – erzählte ihm von Tom-Tom Carey.

Ellert sabberte noch stärker und verlangte zu wissen: »Waf zum Teufel meinen Fie damit?« und veranstaltete mit seinen Papieren ein heilloses Durcheinander auf seinem Schreibtisch.

»Gar nichts meine ich«, knurrte ich zurück. »Ich erzähle Ihnen bloß, was man mir erzählt hat.«

»Ja! Ja! Ich weif schon.« Er hörte auf, mich anzustarren, und seine Stimme klang weiter gereizt. »Aber ef gibt nicht den kleinften Grund für einen Verdacht diefer Art. Überhaupt keinen, mein Herr, überhaupt keinen.«

»Vielleicht haben Sie recht.« Ich wandte mich zur Tür. »Aber ich werde der Sache trotzdem ein wenig nachgehen.«

»Warten Fie! Warten Fie!« Er schoß aus seinem Stuhl hoch

und rannte um den Schreibtisch herum zu mir. »Ich glaube zwar, daß Fie fich irren, aber wenn Fie Nachforschungen anftellen, würde ich gern wiffen, waf Fie herauffinden. Berechnen Fie mir am beften daf übliche Honorar für allef, waf notwendig ift, und halten Fie mich auf dem laufenden. Einverftanden?«

Ich sagte ja, ging zurück zu seinem Schreibtisch und begann ihn auszufragen. In Newhalls Angelegenheiten gab es, wie der Anwalt gesagt hatte, nichts, was einen vom Stuhl reißen konnte. Der Tote war mehrfacher Millionär, das meiste Geld hatte er in Bergwerken stecken. Fast die Hälfte seines Geldes hatte er geerbt. Es gab keine finsteren Machenschaften, keine erschwindelten Bergwerksanteile, keine Betrügereien in seiner Vergangenheit und auch keine Feinde. Er war ein Witwer gewesen, hatte eine Tochter. Sie hatte, solange er lebte, alles, was sie sich wünschte, und sie und ihr Vater waren einander sehr zugetan gewesen. Er war mit einer Gruppe von Bergwerksleuten aus New York nach Mexiko gefahren, die ihm dort einige Anteile verkaufen wollten. Sie waren von Banditen überfallen worden, hatten die zurückgeschlagen, wobei aber Newhall und ein Geologe namens Parker getötet worden waren.

Wieder in meinem Büro, schrieb ich unsrer Zweigstelle in Los Angeles ein Telegramm, in dem ich darum bat, einen Agenten nach Nogales zu schicken, um dort über die Ermordung Newhalls und die Geschäfte Tom-Tom Careys zu ermitteln. Der Angestellte, dem ich das Telegramm mit der Bitte, es zu verschlüsseln, übergab, sagte mir, daß der Alte mich zu sehen wünschte. Ich ging in sein Büro und wurde dort einem Dickerchen namens Hook vorgestellt.

»Mr. Hook«, sagte der Alte, »gehört ein Restaurant in Sausalito. Letzte Woche hat er eine Kellnerin namens Nelly Riley eingestellt. Sie hat ihm erzählt, daß sie aus Los Angeles sei. So wie sie Mr. Hook beschrieben hat, ähnelt sie stark der Beschreibung, die Sie und Counihan von Nancy Regan gegeben haben. Hab ich recht?« fragte er den Dicken.

»Vollkommen recht. Sie sieht genauso aus, wie sie in den

Zeitungen beschrieben wurde. Sie ist einssechzig groß, jedenfalls ungefähr, nicht zu dünn, nicht zu dick, hat blaue Augen und braune Haare und ist etwa ein- oder zweiundzwanzig Jahre alt, was fürs Auge und, was am meisten zählt, hochnäsig wie die Sünde – sie ist sich für alles zu schade. Als ich 'n bißchen nett zu ihr sein wollte, sagte sie mir, ich sollte meine ›dreckigen Pfoten‹ wegnehmen. Und dann hab ich entdeckt, daß sie sich kaum in Los Angeles auskennt, obwohl sie behauptet, zwei, drei Jahre dort gewesen zu sein. Ich möchte wetten, daß sie's ist, und zwar hundertprozentig.« Und dann quasselte er weiter, wieviel von der Belohnung er zu kriegen habe.

»Fahren Sie gleich wieder zurück?« fragte ich ihn.

»Ziemlich bald. Ich will mich noch nach 'n paar neuen Tellern umtun. Dann geht's nach Hause.«

»Arbeitet das Mädchen noch bei Ihnen?«

»Ja.«

»Dann geben wir Ihnen einen unsrer Leute mit – einen, der Nancy Regan kennt.«

Ich telefonierte Jack Counihan aus seinem Büro herbei und machte ihn mit Hook bekannt. Sie verabredeten sich für eine halbe Stunde später an der Fähre, und Hook watschelte hinaus.

»Diese Nelly Riley ist bestimmt nicht Nancy Regan«, sagte ich. »Aber wir können uns nicht leisten, auch nur die kleinste Chance auszulassen.«

Ich berichtete Jack und dem Alten über Tom-Tom Carey und meinen Besuch in Ellerts Praxis. Der Alte hörte wie üblich höflich aufmerksam zu. Jung-Counihan, der das Gewerbe der Menschenjagd erst seit vier Monaten betrieb, lauschte mit großen Augen.

»Sie sollten jetzt lieber losziehen und Hook treffen«, sagte ich, als ich fertig war und mit Jack das Büro des Alten verließ. »Und falls es wirklich Nancy Regan ist, dann greifen Sie sie sich und lassen sie nicht mehr aus den Fingern.« Der Alte konnte uns jetzt nicht mehr hören, deshalb fügte ich hinzu: »Und lassen Sie sich um Himmels willen nicht wieder in Ihrem jugendlichen Edelmut dazu verleiten, Faustkämpfe zu veranstalten. Tun Sie so, als ob Sie erwachsen wären.«

Der Junge errötete, sagte »Ach, zum Teufel mit Ihnen!«, rückte seine Krawatte zurecht und zog ab, um Hook zu treffen.

Ich hatte einige Berichte zu schreiben. Als ich damit durch war, legte ich die Füße auf den Schreibtisch, rauchte Löcher in ein Päckchen *Fatima* und dachte bis sechs Uhr über Tom-Tom Carey nach. Dann ging ich wegen meines *Abalone-Chowder* und meines *Minute-Steaks* ins *States* runter, fuhr dann nach Hause, um mich umzuziehen, weil ich mich in Sea Cliff zu einer Pokerrunde gesellen wollte.

Aber das Telefon unterbrach mich beim Umziehen. Am anderen Ende war Jack Counihan.

»Ich bin in Sausalito. Das Mädchen war nicht Nancy. Aber ich bin etwas anderm auf der Spur. Ich weiß nur nicht recht, wie ich's anpacken soll. Können Sie nicht rüberkommen?«

»Ist es wichtig genug, um 'ne Pokerpartie dafür sausen zu lassen?«

»Ja, es ... Ich glaube, es ist 'n dickes Ding.« Er klang aufgeregt. »Sie sollten schon rüberkommen. Ich glaub echt, es ist 'ne Spur.«

»Wo sind Sie?«

»Hier an der Fähre. Nicht an der Golden Gate, an der andern.«

»In Ordnung. Ich nehm das nächste Boot.«

Eine Stunde später spazierte ich in Sausalito von Deck. Jack Counihan drängte sich durch die Menge und fing zu reden an. »Als ich auf meinem Rückweg hierherkam ...«

»Behalten Sie's für sich, bis wir aus dem Gewühl raus sind«, riet ich ihm. »Es muß ja riesig sein – Ihre östliche Kragenspitze ist verbogen.«

Automatisch behob er diesen Defekt an seinem ansonsten makellosen Aufzug, während wir die Straße hinuntergingen, aber er war zu sehr damit beschäftigt, was in seinem Kopf vorging, um zu lächeln.

»Hier lang«, sagte er, während er mich um eine Ecke führte.

»Hooks Imbiß ist da an der Ecke. Wenn Sie wollen, können Sie einen Blick auf das Mädchen werfen. Sie hat die gleiche Figur und Haarfarbe wie Nancy, aber das ist auch alles. Sie ist ein ziemlich hübsches Miststück, die wahrscheinlich aus ihrem letzten Job rausgeflogen ist, weil sie ihren Kaugummi in die Suppe gespuckt hat.«

»Okay. Dann ist sie aus dem Schneider. Doch jetzt erzählen Sie mal, was los ist.«

»Nachdem ich sie mir angesehn hatte, ging ich zur Fähre zurück. Als ich noch 'n paar Blocks von der Fähre entfernt war, sah ich ein Boot anlegen. Zwei Männer, die mit dem Boot gekommen sein mußten, kamen die Straße herauf. Es waren Griechen, ziemlich jung, harte Knochen, obwohl ich sie normalerweise kaum beachtet hätte. Aber weil Papadopoulos Grieche ist, sollen wir uns natürlich um Griechen kümmern, und so schaute ich mir die beiden Typen näher an. Beim Gehen stritten sie miteinander, sie waren zwar nicht laut dabei, starrten sich aber finster an. Als sie an mir vorbeigingen, sagte der Typ, der an der Straßenseite ging, gerade zum andern: ›Ich werd ihm sagen, daß es neunundzwanzig Tage her ist.‹

Neunundzwanzig Tage. Ich rechnete nach, und es sind genau neunundzwanzig Tage, seit wir hinter Papadopoulos her sind. Er ist Grieche, und diese beiden Typen waren auch Griechen. Als ich mit dem Zählen durch war, machte ich kehrt und begann die beiden zu verfolgen. Sie schleppten mich durch die ganze Stadt bis zum Rand eines Hügels. Dort gingen sie zu einem kleinen Haus – es konnte höchstens drei Zimmer haben –, das ganz allein in einer Lichtung stand. An dem Haus hing ein Schild ›Zu verkaufen‹, die Fenster hatten keine Gardinen, auch sonst gab's keine Anzeichen, daß da jemand wohnte – aber auf dem Boden hinter der Hintertür war eine feuchte Stelle, so als ob jemand 'nen Eimer oder 'ne Waschschüssel ausgeleert hätte.

Ich versteckte mich in den Büschen, bis es ein bißchen dunkler wurde. Dann ging ich dichter ran. Ich konnte drinnen Leute hören, aber nichts durch die Fenster sehen. Die waren mit

Brettern verschlagen. Nach 'ner Weile kamen die beiden Typen, denen ich gefolgt war, heraus und sagten was in 'ner Sprache, die ich nicht verstand, zu jemand in dem Haus. Die Haustür stand offen, während die beiden den Weg runtergingen – deshalb konnte ich sie nicht verfolgen, ohne von dem Jemand in der Hütte gesehn zu werden.

Dann wurde die Tür geschlossen, und ich hörte drinnen Leute sich bewegen – vielleicht war's auch nur ein einzelner –, und dann roch es nach Kochen, und aus dem Schornstein kam auch etwas Rauch. Ich wartete und wartete, aber es geschah nichts mehr. Daher dachte ich, es wäre besser, Kontakt mit Ihnen aufzunehmen.«

»Klingt interessant«, sagte ich zustimmend.

Wir gingen gerade unter einer Straßenlaterne. Jack hielt mich mit der Hand am Arm an und fischte etwas aus seiner Manteltasche.

»Schauen Sie!« Er zeigte es mir. Ein angesengtes Stück blauer Stoff. Es mochte der Rest eines Damenhuts sein, der zu drei Vierteln verbrannt war. Ich sah mir den Fetzen im Licht der Straßenlaterne an und zog dann meine Taschenlampe heraus, um ihn näher zu untersuchen.

»Ich hab das hinter dem Haus gefunden, als ich da herumgeschnüffelt habe«, sagte Jack, »und –«

»Und Nancy Regan hat einen Hut dieser Farbe getragen, in der Nacht, als sie und Papadopoulos verschwunden sind«, beendete ich den Satz an seiner Stelle. »Auf zu dem Haus!«

Wir ließen die Straßenlaternen hinter uns, stiegen den Hügel hoch, tauchten in ein kleines Tal, kamen auf einen gewundenen Sandweg, den wir verließen, um den Weg über eine Wiese zwischen Bäumen abzuschneiden, der uns auf eine ungepflasterte Straße führte, auf der wir eine halbe Meile entlangtrotteten, dann führte mich Jack über einen schmalen Weg, der sich durch ein Dickicht aus Bäumen und Sträuchern schlängelte. Ich konnte nur hoffen, daß er wußte, wohin er ging.

»Wir sind fast da«, wisperte er mir zu.

Ein Mann sprang aus dem Gebüsch und erwischte mich am Hals.

Meine Hände hatte ich in den Manteltaschen – mit der einen hielt ich die Taschenlampe, mit der andern meinen Revolver.

Ich richtete die Mündung meines Revolvers durch die Tasche auf den Mann und drückte ab.

Der Schuß ruinierte mir meinen Fünfundsiebzig-Dollar-Mantel. Aber er schaffte mir den Mann vom Halse.

Das war mein Glück. Ein andrer Mann saß mir im Rücken.

Ich versuchte ihn abzuschütteln – schaffte es nicht völlig –, spürte eine Messerschneide an meinem Rückgrat.

Das war weniger Glück, aber es war besser als die Messerspitze.

Ich versuchte, mit dem Kopf gegen sein Gesicht zu stoßen – verfehlte es –, drehte und wand mich weiter, brachte meine Hände aus der Tasche und verkrallte mich in ihm.

Die Klinge seines Messers kam flach an meine Wange. Ich schnappte mir die Hand, die sie hielt, und ließ mich nach hinten fallen – auf ihn drauf.

Er sagte: »Äh!«

Ich rollte herum, bekam Hände und Füße auf den Boden, wurde von einer Faust gestreift, strampelte mich hoch.

Finger zerrten an meinem Knöchel.

Ich benahm mich nicht gerade fein. Ich trat die Finger zur Seite, spürte den Körper des Mannes, trat zweimal zu, hart zu.

Jacks Stimme flüsterte meinen Namen. Ich konnte in der schwarzen Dunkelheit weder ihn noch den Mann, den ich angeschossen hatte, sehen.

»Hier ist alles okay«, erzählte ich Jack. »Und wie sieht's bei Ihnen aus?«

»Tipptopp. War das schon alles?«

»Keine Ahnung. Aber ich werd trotzdem einen Blick auf meine Beute riskieren.«

Ich richtete meine Taschenlampe auf den Mann zu meinen Füßen und knipste sie an. Ein dünner Blonder, das Gesicht blutverschmiert, dessen rotgeränderte Augen blinzelten, als er versuchte, im Lichtschein den toten Mann zu spielen.

»Gib's auf!« befahl ich.

Ein schwerer Revolver ging im Gebüsch los – dann ein zweiter, leichterer. Die Kugeln zischten durch das Laub.

Ich machte das Licht aus, beugte mich über den Mann auf dem Boden, schlug ihn mit dem Revolverknauf über den Schädel.

»Kriech langsam runter«, flüsterte ich Jack zu.

Wieder ging der kleinere Revolver los, zweimal. Er war vor uns, linker Hand.

Ich brachte meinen Mund an Jacks Ohr. »Wir gehen zu diesem verdammten Haus, ob das denen nun schmeckt oder nicht. Halt dich gebückt und laß das Herumknallen, außer du siehst, worauf du losknallst. Los!«

Ich hielt mich, soweit es nur ging, gebückt und folgte Jack den Pfad entlang. Bei meiner Haltung spannte die Wunde in meinem Rücken – ein brennender Schmerz, der von meinen Schultern bis fast zur Taille reichte. Ich konnte das Blut spüren, wie es die Hüfte hinunterlief – oder dachte, daß ich es spürte.

Es war zu dunkel, als daß wir uns hätten heimlich anschleichen können. Unter unsern Schritten knackte es, an unsern Schultern raschelte es. Unsere Freunde im Gebüsch gebrauchten ihre Revolver.

Glücklicherweise gibt das Geräusch von knackenden Zweigen und raschelnden Blättern in der Dunkelheit nicht gerade die besten Zielscheiben ab. Hier und da pfiffen Kugeln, aber wir hielten keine von ihnen auf. Wir schossen auch nicht zurück. Wir hielten an, als das Ende des Gebüschs der Nacht ein schwächliches Grau zubilligte.

»Das ist es«, sagte Jack und zeigte auf einen rechteckigen Schatten.

»Sprung auf, marsch, marsch«, grunzte ich und schoß auf das dunkle Haus los.

Jacks lange schlanke Beine machten es ihm leicht, mit mir auf einer Höhe zu bleiben, als wir über die Lichtung spurteten.

Die Gestalt eines Mannes schob sich neben dem schwarzen Klecks des Gebäudes hervor, und seine Kanone begann uns zuzublinken. Die Schüsse folgten so dicht aufeinander, daß sie wie ein einziges stotterndes Bäng klangen.

Ich zerrte den Jungen mit mir, während ich mich flach zu Boden warf – das heißt außer meinem Gesicht, das von dem gezackten Rand einer Konservendose gebremst wurde.

Von der anderen Seite des Hauses hustete eine andere Kanone. Von einem Baumstamm rechts eine dritte. Jack und ich fingen nun auch an, unser Pulver als Antwort zu verbrennen.

Eine Kugel schlug mir den Mund voller Dreck und Kiesel. Ich spuckte den Schmutz aus und ermahnte Jack: »Du schießt zu hoch. Halt tiefer und zieh sacht durch.«

Ein Buckel wurde am dunklen Umriß des Hauses sichtbar. Ich schickte ihm eine Kugel.

Eine Männerstimme schrie auf, »Au-oooh«, und dann schwächer, aber sehr verbittert: »Oh, du Verdammter, du Verdammter, du!«

Für ein paar warme Sekunden spritzten rings um uns Kugeln. Dann gab es keinen Ton mehr, der die Stille der Nacht gestört hätte.

Als die Stille fünf Minuten gedauert hatte, richtete ich mich auf Händen und Knien auf und fing an, mich vorwärtszubewegen. Jack folgte mir. Der Boden war nicht für diese Art von Bewegung geschaffen. Drei Meter reichten. Wir standen auf und machten den Restweg zum Haus auf unsern Füßen.

»Warte«, flüsterte ich und ließ Jack an einer Ecke des Gebäudes. Ich ging um das Haus herum, sah niemand, hörte nichts außer meinen eigenen Geräuschen.

Wir probierten die Vordertür. Sie war verschlossen, aber klapprig. Ich stieß sie mit der Schulter auf, ging hinein, Taschenlampe und Revolver in meinen Fäusten.

Die Bude war leer.

Kein Mensch, keine Möbel, keine Spuren von beidem in den zwei nackten Räumen – nichts als nackte Holzwände, nackter

Fußboden, nackte Decken, mit einem Ofenrohr in der Wand, das im Nichts endete.

Jack und ich standen mitten im Haus, sahen uns die Leere an und verfluchten die Bruchbude von vorne bis hinten, weil sie so leer war. Wir waren damit noch nicht ganz am Ende, als wir draußen Schritte hörten. Ein weißes Licht strahlte durch die offene Tür, und eine rauhe Stimme sagte: »He, ihr! Ihr könnt einzeln rauskommen – aber hübsch gemütlich!«

»Wer sagt das?« fragte ich, machte die Taschenlampe aus und drückte mich eng an eine Seitenwand.

»Eine ganze in Gold gerahmte Herde von Deputy-Sheriffs«, antwortete die Stimme.

»Könnten Sie nicht einen davon reinschieben und uns einen Blick auf ihn werfen lassen?« fragte ich. »Man hat mich heute schon so lange gewürgt, tranchiert und beschossen, daß ich nicht mehr allzuviel Vertrauen in das Wort eines Menschen übrig behalten habe.«

Ein hagerer x-beiniger Mann mit einem schmalen ledernen Gesicht erschien in der Türöffnung. Er zeigte mir seine Hundemarke, ich fischte meine Papiere heraus, und die andern Deputies kamen herein. Zusammen waren es ganze drei.

»Wir fuhren wegen 'ner kleinen Geschichte hier in der Nähe die Straße runter, als wir die Knallerei hörten«, erklärte der Hagere. »Was 'n los?«

Ich erzählte es ihm.

»Diese Bude hier ist schon ziemlich lange leer«, sagte er, als ich fertig war. »Jeder, der nur wollte, konnte sich's hier leicht gemütlich machen. Sie glauben, daß es dieser Papadopoulos war, he? 'n bißchen sehen wir uns auch nach ihm und seinen Freunden um – besonders, wo's jetzt so 'ne fette Belohnung dafür gibt.«

Wir durchsuchten das Gehölz und fanden niemand. Der Mann, den ich niedergeschlagen, und der Mann, den ich zusammengeschossen hatte – beide waren verschwunden.

Jack und ich fuhren zusammen mit den Deputies zurück nach

Sausalito. Ich scheuchte dort einen Arzt auf und ließ meinen Rücken bandagieren. Er sagte, die Schnittwunde sei lang, aber nicht tief. Dann fuhren wir zurück nach San Franzisko und trennten uns jeder in Richtung seiner Wohnung.

Jetzt etwas, das am nächsten Morgen geschah. Ich hab's nicht selbst gesehn. Ich habe davon kurz vor Mittag gehört und in den Zeitungen am Nachmittag gelesen. Ich wußte nicht, daß es mich persönlich betrifft. Aber später wußte ich's – so füge ich es hier ein, wo es geschah.

An diesem Morgen um zehn Uhr war ein Mann in die belebte Market Street getorkelt, der von seinem zerschundenen Kopf bis zu seinen blutverschmierten Füßen völlig nackt war. Von seiner bloßen Brust, seinen Seiten und seinem Rücken hingen kleine Fleischfetzen hinunter, von denen Blut tropfte. Sein linker Arm war zweimal gebrochen. Die linke Seite seines kahlen Schädels war eingeschlagen. Eine Stunde später starb er im Unfallkrankenhaus – ohne daß er irgend jemand ein Wort gesagt hätte, mit dem immer gleichen leeren abwesenden Blick in seinen Augen.

Die Polizei konnte seine Spur an den Blutstropfen leicht zurückverfolgen. Sie endete an einer blutverschmierten Stelle in einer Passage neben einem kleinen Hotel direkt an der Market Street. Im Hotel fand die Polizei das Zimmer, aus dem der Mann gesprungen, gefallen oder gestoßen worden war. Das Bett war blutdurchtränkt. Auf dem Bett lagen zerrissene und zusammengedrehte Laken, die verknotet und als Fesseln benutzt worden waren. Man fand auch ein Handtuch, das als Knebel gedient hatte.

Augenscheinlich war der nackte Mann gefesselt, geknebelt und mit dem Messer bearbeitet worden. Die Ärzte sagten, daß die Fleischstreifen losgeschnitten und nicht rausgerissen oder rausgekrallt worden waren. Nachdem der Messer-Benutzer weggegangen war, hatte sich der nackte Mann von seinen Fesseln befreit und war, wahrscheinlich wahnsinnig vor Schmerz, aus dem Fenster gesprungen oder gefallen. Der Sturz hatte seinen Schädel zerschmettert und seinen Arm gebrochen, trotzdem hatte er es fertiggebracht, sich noch anderthalb Blocks weit zu schleppen.

Die Hotelverwaltung sagte, daß der Mann zwei Tage da gewohnt hätte. Er hatte sich als H. F. Barrows aus der City eingetragen. Er besaß eine schwarze Reisetasche, in der die Polizei neben Kleidungsstücken, Rasierzeug und so weiter eine Schachtel mit 38er-Munition, ein schwarzes Tuch mit eingeschnittenen Augenlöchern, vier Dietriche, ein kleines Brecheisen, eine hübsche Menge Morphium sowie eine Nadel und den Rest der Spritze fand. Irgendwo im Zimmer fand die Polizei seine restliche Kleidung, einen 38er-Revolver und zwei Quartflaschen Schnaps. Aber nicht einen Cent.

Man vermutete nun, daß Barrows ein Einbrecher gewesen sei und daß er zwischen acht und neun Uhr an diesem Morgen vermutlich von seinen Komplizen gefesselt, gemartert und ausgeraubt worden war. Niemand wußte auch nur das geringste über ihn. Niemand hatte seinen oder seine Besucher gesehen. Das Zimmer links neben ihm war frei. Der Mieter des Zimmers auf der anderen Seite hatte seins schon vor sieben Uhr verlassen, um zu seiner Arbeit in einer Möbelfabrik zu gehen.

Während das passierte, war ich im Büro, saß nach vorne gelehnt in meinem Stuhl, um meinen Rücken zu schonen, und las die Berichte, in denen Detektive aus den verschiedenen Niederlassungen der *Continental Detective Agency* übereinstimmend berichteten, daß sie weiterhin keine Anzeichen über die früheren, gegenwärtigen und künftigen Aufenthaltsorte von Papadopoulos und Nancy Regan herausgefunden hätten. Es gab für mich nichts Neues in diesen Berichten – ich las dergleichen schon seit drei Wochen.

Der Alte und ich gingen zusammen zum Lunch, und ich erzählte ihm, während wir aßen, die Ereignisse der letzten Nacht in Sausalito. Sein Großvatergesicht war aufmerksam wie immer und sein Lächeln voll höflichen Interesses, aber als ich mit meiner Geschichte halb zu Ende war, wandte er seine sanften blauen Augen von meinem Gesicht zu seinem Salat und starrte seinen Salat an, bis ich mit meiner Geschichte am Ende war. Dann sagte er, und dabei sah er immer noch nicht auf, daß es ihm leid täte, daß ich verletzt worden sei. Ich dankte ihm, dann aßen wir eine Zeitlang.

Schließlich blickte er mich an. Milde und Höflichkeit, die er gewöhnlich zur Schau trug, um seine Kaltblütigkeit zu verbergen, waren in seinem Gesicht, seinen Augen und seiner Stimme, als er sagte: »Das erste Anzeichen, daß Papadopoulos noch lebt, erreichte uns unmittelbar nach Tom-Tom Careys Ankunft.«

Nun war ich an der Reihe, den Blick abzuwenden.

Ich blickte auf das Brötchen, das ich gerade zerkrümelte, während ich sagte: »Ja.«

Am Nachmittag kam ein Telefonanruf von einer Frau draußen in der Mission, die ein paar höchst mysteriöse Vorgänge beobachtet hatte und überzeugt war, daß die etwas mit den Bankeinbrüchen, von denen soviel geredet wurde, zu tun hätten. So fuhr ich hinaus, um sie zu sprechen, und verbrachte den größten Teil des Nachmittags, um herauszukriegen, daß die Hälfte der Vorfälle sich nur in ihrer Einbildung abgespielt hatten und die andere Hälfte die Anstrengungen einer eifersüchtigen Frau waren, ihrem Mann auf die Schliche zu kommen.

Es war fast sechs Uhr, als ich zur Agentur zurückkam. Ein paar Minuten später rief mich Dick Foley an. Er klapperte so heftig mit den Zähnen, daß ich ihn nur mit Mühe verstehen konnte. »K-k-k-ö-nnen S-s-si-i-ie ins Ha-ha-hafenkr-kra-kranknha-haus ko-komm?«

»Was?« fragte ich, und er sagte das Ganze noch mal so, wenn nicht miserabler. Aber diesmal erriet ich, daß er mich fragte, ob ich ins Hafenkrankenhaus kommen könnte.

Ich sagte ihm, daß ich das in zehn Minuten könnte, und mit Hilfe eines Taxis schaffte ich es tatsächlich.

Der kleine kanadische Agent erwartete mich am Tor des Krankenhauses. Seine Kleider und seine Haare waren klitschnaß, aber inzwischen hatte er einen Schuß Whisky gehabt, und seine Zähne hatten mit dem Klappern aufgehört.

»Das verdammte Luder ist in die Bucht gesprungen!« knurrte er mich an, als ob das meine Schuld wäre.

»Angel Grace?«

»Wen sonst hab ich beschattet? Nahm die Oakland-Fähre. Stellt sich abseits an die Reling. Dachte, sie macht das, um was ins Wasser zu schmeißen. Behielt sie im Auge. Booing! Hüpfte ins Wasser.« Dick nieste. »Ich war bescheuert genug, um ihr hinterherzuspringen. Hielt sie über Wasser. Wurden beide rausgefischt. Da drin.« Er bewegte seinen nassen Kopf in Richtung auf das Krankenhaus.

»Was war denn, bevor sie die Fähre nahm?«

»Nichts. Hockte den ganzen Tag auf ihrer Bude. Dann direkt zur Fähre.«

»Und was war gestern?«

»Ganzen Tag zu Hause. Am Abend mit 'nem Kerl aus. Roadhouse. Um vier zu Hause. Schlechter Abgang. Konnte ihn nicht loswerden.«

»Wie sah er aus?«

Der Mann, den Dick beschrieb, war Tom-Tom Carey.

»Gut«, sagte ich. »Sie schieben besser nach Hause ab, nehmen ein heißes Bad und ziehn trockne Klamotten an.« Ich ging hinein, um mir die Selbstmordversucherin anzuschaun.

Sie lag in ihrem Bett auf dem Rücken und starrte die Decke an. Ihr Gesicht war bleich, aber das war es immer – nur ihre grünen Augen blickten noch mürrischer als sonst. Außer daß ihre Haare von der Feuchtigkeit dunkler wirkten, sah sie nicht aus, als wäre etwas Außerordentliches passiert.

»Sie denken sich vielleicht verrückte Sachen aus«, sagte ich, als ich neben dem Bett stand.

Sie zuckte zusammen, und ihr Gesicht fuhr zu mir herum und blickte erschrocken. Dann erkannte sie mich und lächelte – ein Lächeln, das einen Reiz in ihr Gesicht brachte, den der mürrische Ausdruck sonst fernhielt. »Sie wolln wohl nicht aus der Übung kommen – schnüffeln immer andern Leuten nach?« fragte sie. »Wer hat Ihnen erzählt, daß ich hier bin?«

»Das weiß doch alle Welt. Ihre Fotos sind auf allen Titelseiten, und die Zeitungen schreiben Ihre Lebensgeschichte und was Sie zum Prinzen von Wales gesagt haben.«

Sie hörte auf zu lächeln und sah mich eindringlich an. »Ich hab's«, rief sie nach ein paar Sekunden. »Der Gnom, der mir nachhüpfte, war einer von Ihren Leuten – hat mich beschattet. Stimmt's?«

»Ich wußte gar nicht, daß Ihnen jemand nachspringen mußte«, antwortete ich. »Ich dachte, Sie sind an den Strand geschwommen, nachdem Sie Ihr Bad beendet hatten. Wollten Sie nicht an Land?«

Sie mußte nicht lächeln. Ihre Augen schienen auf einmal etwas Gräßliches zu erblicken. »Oh! Warum lassen Sie mich nicht in Ruhe?« jammerte sie und fröstelte. »Es ist so trostlos, am Leben zu sein.«

Ich setzte mich auf den kleinen Stuhl neben dem weißen Bett und tätschelte den Höcker, den ihre Schulter mit der Bettdecke bildete. »Was war denn los?« Ich war über den väterlichen Ton überrascht, den ich zustande brachte. »Weswegen wollten Sie sterben, Angel?«

Die Worte, die gesagt werden wollten, glänzten in ihren Augen auf, durchzuckten ihre Gesichtsmuskeln, verformten ihre Lippen – aber das war auch schon alles. Was sie dann sagte, klang teilnahmslos, aber endgültig. Sie sagte: »Nein. Sie sind das Gesetz. Ich bin ein Dieb. Ich stehe auf meiner Seite des Zauns. Niemand soll sagen können ...«

»Okay, okay«; ich kapitulierte. »Aber lassen Sie mich um Himmels willen bloß keinen dieser moralischen Sprüche hören. Kann ich irgend etwas für Sie tun?«

»Danke, nein.«

»Und es gibt nichts, was Sie mir sagen wollen?«

Sie schüttelte den Kopf.

»Sie sind jetzt wieder in Ordnung?«

»Ja. Man hat mich beschattet, stimmt's? Sonst hätten Sie doch nicht so schnell Bescheid gewußt.«

»Ich bin ein Detektiv – ich weiß alles. Seien Sie ein liebes Mädchen.«

Vom Krankenhaus fuhr ich rauf zum Justizgebäude, in das Detektivbüro der Polizei. Lieutenant Duff saß hinter dem Schreibtisch des Captains. Ich erzählte ihm von Angels Bad.

»Haben Sie 'ne Ahnung, was mit ihr los war?« fragte er, nachdem ich damit zu Ende war.

»Die ist so weit weggetreten, daß man sich ihre Gründe nicht mal ausmalen kann. Ich möchte, daß ihr sie wegen Landstreicherei einkassiert.«

»Auf einmal? Ich dachte, ihr wolltet, daß sie frei herumläuft, damit ihr sie bei was schnappen könnt.«

»Dies Spielchen ist vorbei. Ich würde es lieber versuchen, sie für dreißig Tage einzubuchten. Big Flora sitzt auch in Untersuchungshaft. Die Angel weiß, daß Flora zu der Truppe gehört hat, die ihren Paddy kaltgemacht hat. Vielleicht kennt Flora die Angel nicht. Wolln doch mal sehen, was dabei rauskommt, wenn wir die beiden Herzchen für einen Monat zusammensetzen.«

»Läßt sich machen«, sagte Duff zustimmend. »Diese Angel hat keine geregelten Einkünfte, und es ist klar wie Kloßbrühe, daß sie kein Recht dazu hat, hier herumzurennen, um den Leuten in ihre Buchten zu hopsen. Ich werd mich drum kümmern.«

Vom Justizgebäude fuhr ich zum Hotel in der Ellis Street, wo Tom-Tom Carey angeblich absteigen wollte. Er war nicht da. Ich hinterließ ihm eine Nachricht, daß ich in einer Stunde zurück sein würde, und benutzte die Stunde, um zu essen. Als ich zum Hotel zurückkam, saß der lange dunkelhäutige Mann in der Halle. Er nahm mich zu seinem Zimmer hoch und stellte Gin, Orangensaft und Zigarren hin.

»Angel gesehn?« fragte ich.

»Ja, gestern abend. Wir sind durch die Kneipen gezogen.«

»Haben Sie sie heute gesehn?«

»Nein.«

»Sie ist heute nachmittag in die Bucht gesprungen.«

»Teufel«; er schien einigermaßen überrascht. »Und dann?«

»Sie wurde rausgefischt. Sie ist okay.«

Der Schatten in seinen Augen konnte auf eine leichte Enttäuschung hindeuten.

»Komisches Mädchen«, bemerkte er. »Meiner Meinung nach hat Paddy keinen guten Geschmack bewiesen, als er sie aufgegabelt hat, sie ist schon ein verrückter Vogel!«

»Wie geht's mit der Jagd auf Papadopoulos voran?«

»Geht so. Aber Sie hätten Ihr Wort nicht brechen sollen. Sie haben mir halbwegs versprochen, mich nicht zu beschatten.«

»Ich bin nicht der große Boss«, entschuldigte ich mich. »Manchmal ist das, was ich will, nicht dasselbe, was der Chef will. Aber das sollte Ihnen doch nicht soviel ausmachen – Sie können ihn doch abschütteln, oder?«

»Mhm, mhm. Genau das hab ich gemacht. Aber es ist verdammt lästig, dauernd in und aus Taxis zu hüpfen und sich durch Hintereingänge zu schleichen.«

Wir redeten und tranken noch ein paar Minuten, dann verließ ich Careys Zimmer und das Hotel, ging in die Telefonzelle eines Drugstores, rief Dick Foley zu Hause an und gab Dick eine Beschreibung und die Adresse des dunkelhäutigen Manns. »Ich möchte nicht, daß Sie Carey beschatten, Dick. Ich möchte, daß Sie herausfinden, wer ihn zu beschatten versucht – und dieser Beschatter ist der Vogel, den Sie sich vornehmen sollen. Es reicht, wenn Sie morgen früh damit anfangen – bis dahin können Sie erst mal trocken werden.«

Und das war das Ende von diesem Tag.

Ich erwachte zu einem unangenehm regnerischen Morgen. Vielleicht war's das Wetter, vielleicht hatte ich am Tag zuvor zuviel herumgetobt, jedenfalls fühlte sich der Schlitz in meinem Rücken wie eine fußgroße Brandblase an. Ich telefonierte nach Dr. Canova, der ein Stockwerk unter mir wohnte, und ließ ihn sich den Schnitt ansehen, bevor er in seine Praxis in der City ging. Er verband die Wunde neu und riet mir, für ein paar Tage ein wenig auszuspannen. Ich fühlte mich besser, nachdem er an mir herumgedoktert hatte, trotzdem rief ich die Agentur an und sagte dem Alten, daß ich vorhätte, den Tag krankzufeiern, ich sei auf Abruf bereit, falls irgendwas Aufregendes vorfallen würde.

Ich verbrachte den Tag, indem ich mich vorm Gasofen aufpflanzte, viel las und viele Zigaretten rauchte, die wegen dem Wetter nicht recht brennen wollten. Am Abend hängte ich mich ans Telefon, um eine Pokerpartie zu organisieren, bei der ich kaum in Fahrt kam, weder so noch so. Am Schluß lag ich mit fünfzehn Dollar vorn, und das waren fünf Dollar weniger, als ich für den Stoff bezahlt hatte, den mir meine Gäste wegkümmelten.

Am nächsten Tag waren mein Rücken und das Wetter besser. Ich fuhr runter zur Agentur. Auf meinem Tisch lag ein Memorandum über einen Anruf von Duff: Angel Grace Cardigan sei wegen Landstreicherei festgenommen worden – für dreißig Tage ins Stadtgefängnis. Dann war da der vertraute Stoß von Berichten der verschiedenen Zweigstellen über die Unfähigkeit der Detektive, etwas über Papadopoulos und Nancy Regan herauszukriegen. Ich überflog das Zeug, als Dick Foley hereinkam.

»Hab ihn«, berichtete er. »Dreißig bis zweiunddreißig, einssiebzig, hundertdreißig. Helles Haar, helle Haut. Blaue Augen. Schmales Gesicht, bißchen zerkratzte Haut. 'ne Ratte, haust in 'nem Loch in der Seventh Street.«

»Was hat er gemacht?«

»Carey einen Block lang beschattet. Carey hat ihn abgeschüttelt. Hat bis zwei Uhr morgens nach Carey gesucht. Ihn nicht gefunden. Ging nach Hause. Soll ich ihn mir noch mal vorknöpfen?«

»Gehen Sie zu seiner Bruchbude, und finden Sie raus, wer er ist.«

Der kleine Kanadier war für eine halbe Stunde weg.

»Sam Arlie«, sagte er, als er zurückkam. »Seit sechs Monaten da. Soll 'n Friseur sein, falls er arbeitet – wenn überhaupt.«

»Ich hab zwei Vermutungen über diesen Arlie«, sagte ich Dick. »Die erste ist, daß er der Typ war, der mich gestern abend in Sausalito angekratzt hat. Die zweite ist, daß ihm bald was zustoßen wird.«

Es war gegen Dicks Gewohnheiten, Worte zu verschwenden, daher sagte er nichts.

Ich rief Tom-Tom Careys Hotel an und bekam den dunkelhäutigen Mann an den Apparat. »Kommen Sie doch rüber«, sagte ich. »Ich hab da ein paar Neuigkeiten für Sie.«

»Sobald ich mich angezogen und gefrühstückt habe«, versprach er.

»Wenn Carey von hier weggeht, folgen Sie ihm«, sagte ich Dick, nachdem ich eingehängt hatte. »Wenn Arlie jetzt mit ihm zusammentrifft, passiert vielleicht was. Versuchen Sie's mitzukriegen.«

Dann rief ich das Detektivbüro der Polizei an und verabredete mich mit Sergeant Hunt für einen Besuch in der Wohnung von Angel Grace Cardigan. Danach vertrieb ich mir die Zeit mit Papierkram, bis Tommy hereinkam, um mir den dunkelhäutigen Mann aus Nogales zu melden.

»Der Maker, der sich an Sie hängt«, sagte ich ihm, nachdem er sich hingesetzt hatte und an seiner Zigarette zu arbeiten begann, »ist ein Friseur namens Arlie.« Und ich erzählte ihm, wo Arlie wohnt.

»Ja. Einer mit 'nem dünnen Gesicht und hellen Haaren?«

Ich gab ihm die Beschreibung, die mir Dick gegeben hatte.

»Das ist der *hombre*«, sagte Tom-Tom Carey. »Wissen Sie sonst noch was von ihm?«

»Nein.«

»Sie haben Angel Grace einbuchten lassen.«

Da das weder ein Vorwurf noch eine Frage war, ließ ich es unbeantwortet.

»Das trifft sich gut«, fuhr der lange Mann fort. »Ich hätte sie sowieso abhängen müssen. Sie hat mit ihrer Dummheit ein Talent, Sachen gerade dann zu vermasseln, wenn ich sie fast im Griff habe.«

»Ist es denn bald soweit?«

»Kommt drauf an.« Er stand auf, gähnte und schüttelte seine breiten Schultern. »Aber es muß keiner verhungern, der sich entschließt, nichts mehr zu essen, bis ich ihn habe. Daß ich beschattet werde, hätt' ich nicht Ihnen anhängen dürfen.«

»Ich hab mir deswegen nicht gerade die Augen aus dem Kopf geheult.«

Tom-Tom Carey sagte: »Bis bald!« und schlenderte hinaus.

Ich fuhr zum Justizgebäude hinunter, klaubte dort Hunt auf, und wir fuhren zum Apartmenthaus in der Bush Street, wo Angel Grace Cardigan gewohnt hatte. Die Verwalterin – eine stark duftende, fette Frau mit einem strengen Mund und weichen Augen – wußte schon, daß ihre Mieterin im Knast saß. Sie führte uns anstandslos zu den Zimmern des Mädchens hinauf.

Die Angel war keine gute Hausfrau. Zwar war es einigermaßen sauber, aber es herrschte ein schreckliches Durcheinander. Der Abwasch in der Küche war voll von schmutzigem Geschirr. Das Klappbett war nur notdürftig gemacht. Kleider und Sachen und Frauenkram hingen vom Bad bis zur Küche so gut wie überall herum.

Wir schafften uns die Verwalterin vom Hals und untersuchten den Raum gründlich. Am Ende wußten wir genau über die Garderobe und die Gewohnheiten des Mädchens Bescheid. Aber wir fanden nichts, was auf Papadopoulos hingedeutet hätte.

Weder am Nachmittag noch am Abend war etwas über die Kombination zwischen Carey und Arlie zu hören, so daß ich jeden Augenblick damit rechnete, etwas von Dick zu hören.

Gegen drei Uhr morgens scheuchte das Telefon neben meinem Bett meine Ohren aus den Federn. Die Stimme, die ich hörte, war die des kanadischen Detektivs.

»Arlie ist hinüber«, sagte er.

»Requiescat in Pace?«

»Ja.«

»Wie?«

»Blei.«

»Von unserm Freund?«

»Ja.«
»Hat's Zeit bis morgen?«
»Ja.«
»Wir sehn uns im Büro.« Und ich schlief wieder ein.

Als ich um neun in der Agentur ankam, hatte einer der Angestellten gerade ein Brieftelegramm unseres Mannes in Los Angeles, den wir nach Nogales geschickt hatten, dechiffriert. Das Telegramm war lang und hatte es in sich.

Es besagte, daß Tom-Tom Carey entlang der Grenze gut bekannt war. Für ein gutes halbes Jahr war er damit beschäftigt gewesen, den Waffenhandel nach Süden in Schwung zu halten, hatte Schnaps und wahrscheinlich auch Drogen über die Grenze geschoben und illegale Einwanderer nach Norden gebracht. Kurz bevor er letzte Woche weg sei, habe er Nachforschungen nach einem gewissen Hank Barrows angestellt. Die Beschreibung dieses Hank Barrows paßte auf H. F. Barrows, der in Streifen geschnitten worden, aus dem Hotelfenster gefallen und gestorben war.

Der Detektiv in Los Angeles hatte über Barrows nicht viel in Erfahrung bringen können, außer daß er aus San Franzisko stammte, nur für ein paar Tage an der Grenze war und dann augenscheinlich nach San Franzisko zurückgekehrt sei. Der Detektiv hatte nichts Neues über die Ermordung Newhalls rausgefunden – alles deutete weiter darauf hin, daß er getötet wurde, als er sich der Festnahme durch die mexikanischen Patrioten widersetzte.

Dick Foley kam, während ich diese Nachricht las, in mein Büro. Als ich fertig war, lieferte er mir seinen Beitrag der Geschichte Tom-Tom Careys.

»Hab ihn von hier aus beschattet. Bis zum Hotel. Arlie war an der Ecke. Um acht kam Carey raus. In die Garage. Mietete einen Wagen ohne Fahrer. Zurück ins Hotel. Bezahlte. Zwei Koffer. Durch den Park weg. Arlie in 'nem alten Schlitten hinterher. Ich mit meiner Karre hinter Arlie. Den Boulevard runter. Über die

Kreuzung. Dunkel. Einsam. Arlie gibt Gas. Holt auf. Bäng! Carey hält. Zwei Kanonen gehn los. Abgang Arlie. Carey zurück in die Stadt. Hotel Marquis. Trägt sich als George F. Danby aus San Diego ein. Zimmer 622.«

»Hat Tom-Tom Arlie gefilzt, nachdem er ihn umgelegt hatte?«

»Nein. Hat ihn nicht angerührt.«

»So? Nehmen Sie sich Mickey Linehan mit. Lassen Sie Carey nicht aus den Augen. Ich werd jemand auftreiben, der Sie und Mickey spät am Abend ablöst. Ich werd's zumindest versuchen, aber jedenfalls muß er vierundzwanzig Stunden am Tag beschattet werden, bis –« Ich wußte nicht, was danach kommen sollte, und so hörte ich auf zu reden.

Ich nahm Dicks Geschichte mit in das Büro des Alten, erzählte sie ihm und beendete sie so: »Laut Foley hat Arlie zuerst geschossen, so daß Carey mit Notwehr davonkommen kann, aber wenigstens ist die Sache jetzt in Gang gekommen, und ich möchte nichts unternehmen, um sie zu bremsen. Deshalb wär ich dafür, daß wir das, was wir über die Schießerei wissen, ein paar Tage für uns behalten. Das wird zwar die Zuneigung des County-Sheriffs für uns nicht gerade befördern, wenn er rauskriegt, was wir gemacht haben, aber ich denke, daß es das wert ist.«

»Wenn Sie meinen«, sagte der Alte und griff nach seinem Telefon, das gerade läutete.

Er sprach in den Apparat und reichte mir dann den Hörer. Es war Detektiv-Sergeant Hunt. »Flora Brace und Grace Cardigan sind kurz vor Morgengrauen ausgebrochen. Wahrscheinlich sind sie ...«

Für Einzelheiten war ich nicht in Stimmung. »Ein sauberer Ausbruch?« fragte ich.

»Bisher haben wir keinen Anhaltspunkt, aber –«

»Sie können mir die Einzelheiten erzählen, wenn wir uns treffen. Vielen Dank«, und ich hängte auf. »Angel Grace und Big Flora sind aus dem Stadtgefängnis ausgebrochen«, so teilte ich dem Alten die Neuigkeit mit.

Er lächelte höflich, wie über etwas, das ihn nicht besonders interessierte. »Sie haben sich doch eben selbst dazu beglückwünscht, daß die Dinge ins Rollen kommen«, murmelte er.

Ich schaltete von Bedrückt auf Grinsen um, murmelte: »Das kann ja sein«, ging zurück in mein Büro und rief Franklin Ellert an. Der lispelnde Rechtsanwalt sagte, daß er sich über meinen Besuch freuen würde, und so ging ich rüber in sein Büro.

»Und jetzt, was für Fortschritte haben Sie gemacht«, fragte er mich begierig, nachdem ich mich gegenüber seinem Schreibtisch niedergelassen hatte.

»Einige. Ein Mann, der Barrows hieß, befand sich auch in Nogales, als Newhall getötet wurde, und ist auch gleich darauf nach San Franzisko gekommen. Carey hat Barrows hierher verfolgt. Haben Sie von dem Mann gelesen, der nackt und in Streifen geschnitten über die Straße spaziert ist?«

»Ja.«

»Das war Barrows. Dann ist ein andrer Mann ins Spiel gekommen – ein Friseur namens Arlie. Er hat Carey nachspioniert. Letzte Nacht hat Arlie in einer einsamen Straße südlich von hier auf Carey geschossen. Carey hat ihn getötet.«

Die Augen des Rechtsanwalts traten noch ein paar Zentimeter weiter heraus. »In welcher Strafe?« japste er.

»Sie wollen den genauen Ort?«

»Ja.«

Ich zog mir sein Telefon heran, rief die Agentur an, ließ mir Dicks Bericht vorlesen und gab dem Rechtsanwalt die Information, die er haben wollte.

Sie hatte einige Wirkung auf ihn. Er hüpfte aus seinem Stuhl, Schweiß glänzte in den Falten, die sein Gesicht durchfurchten. »Miff Newhall wohnt dort ganz allein. Die Ftelle ift nur eine halbe Meile von ihrem Hauf entfernt.«

Ich runzelte die Stirn und strengte mein Hirn an, aber das Ganze sagte mir trotzdem nichts. »Möchten Sie, daß ich einen unsrer Leute hinunterschicke, um nach ihr zu sehen?« schlug ich vor.

»Aufgezeichnet!« Sein besorgtes Gesicht hellte sich auf, bis es höchstens noch fünfzig bis sechzig Sorgenfalten aufwies. »Fie hat ef vorgezogen, dort wohnen zu bleiben, folange der erfte Schmerz über ihref Vaterf Tod anhält. Fie werden einen fähigen Mann hinschicken?«

»Der Felsen von Gibraltar ist im Vergleich zu ihm ein loses Blatt im Wind. Geben Sie mir ein Empfehlungsschreiben für ihn mit auf den Weg. Er heißt Andrew MacElroy.«

Während der Anwalt das Schreiben niederkritzelte, benutzte ich noch einmal sein Telefon, rief die Agentur an und sagte der Zentrale, sie solle Andy finden und ihm sagen, daß ich ihn brauchte.

Dann aß ich zu Mittag, bevor ich in die Agentur zurückkehrte. Andy wartete schon auf mich, als ich ankam.

Andy MacElroy war ein schwerer Brocken von einem Mann – nicht besonders groß, aber kräftig, mit einem harten Schädel und einem harten Körper. Ein mürrischer, grimmiger Kerl, der nicht mehr Phantasie besaß als eine Rechenmaschine. Ich war noch nicht mal sicher, ob er lesen konnte. Aber ich war sicher, daß Andy, wenn man ihn anwies, etwas zu tun, nur das und nichts anderes tun würde. Um mehr zu tun, wußte er einfach zu wenig.

Ich gab ihm das Empfehlungsschreiben des Rechtsanwalts für Miss Newhall, sagte ihm, wohin er zu gehen und was er zu tun habe. Damit waren die Probleme von Miss Newhall aus meinem Kopf.

Dreimal hörte ich an diesem Nachmittag von Dick Foley und Mickey Linehan. Tom-Tom Carey machte nichts besonders Aufregendes, obwohl er sich zwei Kartons mit 44er-Munition in einem Sportgeschäft in der Market Street gekauft hatte.

Die Nachmittagszeitungen brachten Fotos von Big Flora Brace und Angel Grace Cardigan sowie die Story ihrer Flucht. Die Story war so weit von den wahrscheinlichen Fakten entfernt, wie das Zeitungsstories im allgemeinen sind. Auf einer anderen Seite war eine Notiz über das Auffinden der Leiche des Friseurs in der einsamen Straße. Er war im Kopf und in der Brust getroffen worden, insgesamt viermal. Nach offizieller Meinung der County-Behörde war er getötet worden, während er sich gegen einen Raubüberfall zur Wehr setzte. Die Banditen seien geflohen, ohne ihn auszurauben.

Gegen fünf trat Tommy Howd in meine Türe. »Dieser Typ Carey will Sie schon wieder sehen«, sagte der sommersprossige Junge.

»Schieß ihn rein.«

Der schwarzhäutige Mann schlenderte herein, sagte: »Hallo«, setzte sich hin und drehte sich eine braune Zigarette. »Haben Sie für heut abend was Besonderes vor?« fragte er, während er rauchte.

»Nichts, was ich nicht für was Besseres sausen lassen könnte. Geben Sie 'ne Party?«

»Mhm, mhm. Hab's jedenfalls vor. So 'ne Art Überraschungsparty für Papadoodle. Wolln Sie mitmachen?«

Jetzt war ich an der Reihe, »Mhm, mhm« zu sagen.

»Ich hol Sie gegen elf ab. Ecke Van Ness und Geary«, sagte er gedehnt. »Aber das ist 'ne Party im kleinsten Kreis. Nur Sie und ich – und er.«

»Nee. Da wird noch 'n Gast dabei sein müssen. Den bring ich mit.«

»Das schmeckt mir nicht.« Tom-Tom Carey schüttelte langsam den Kopf und schickte mir ein freundschaftliches Stirnrunzeln über seine Zigarette. »Ihr Schnüffler sollt nicht in der Überzahl sein. Es muß eins zu eins stehen.«

»Sie werden nicht untergebuttert«, erklärte ich ihm. »Der Typ, den ich mitbringe, wird nicht mehr zu mir als zu Ihnen halten. Und ich rate Ihnen, auf ihn ein genauso scharfes Auge zu haben, wie ich es tun werde – und dafür zu sorgen, daß er keinem von uns in den Rücken fallen kann, wenn wir's verhindern können.«

»Und warum wolln Sie ihn dann überhaupt mitschleppen?«

»Das ist 'ne lange Geschichte«, grinste ich.

Der dunkelhäutige Mann runzelte wieder die Stirn, diesmal aber weniger freundschaftlich. »Dieses Belohnungsgeld von hundertundsechstausend Dollar – ich kann mir schlecht vorstellen, daß ich's mit jemand teilen möchte.«

»Ganz richtig«, sagte ich zustimmend. »Niemand, den ich mitbringe, wird darauf Anspruch erheben.«

»Ich werd Sie beim Wort nehmen.« Er stand auf. »Und wir solln den *hombre* im Auge behalten, he?«

»Wenn wir wollen, daß alles glattläuft.«

»Angenommen, er kommt uns in die Quere – spielt plötzlich verrückt. Können wir uns ihn dann richtig vorknöpfen, oder werden wir dann bloß sagen: ›Du! Du!‹ und ›Aber! Aber!‹?«

»Er wird für alles seinen Kopf hinhalten müssen.«

»In Ordnung.« Sein hartes Gesicht wurde wieder gutmütig, als er sich zur Tür bewegte. »Um elf an der Ecke Van Ness und Geary.«

Ich ging zurück ins Detektivbüro, wo Jack Counihan in einem Sessel lümmelte und ein Magazin las.

»Ich hoffe, Sie haben an eine Beschäftigung für mich gedacht«, sagte er zur Begrüßung. »Ich krieg schon Schwielen am Hintern vom ewigen Herumsitzen.«

»Geduld, mein Sohn, Geduld – das müssen Sie lernen, wenn Sie je ein Detektiv werden wollen. Nun, als ich noch so jung wie Sie war und grade in der Agentur angefangen hatte, war ich zufrieden, wenn ...«

»Fangen Sie bloß nicht damit an«, bat er mich. Dann wurde sein gutaussehendes junges Gesicht ernst. »Ich verstehe nicht, warum ihr mich hier unter Verschluß haltet. Ich bin schließlich außer Ihnen der einzige, der Nancy Regan wirklich gesehen hat. Man sollte meinen, daß Sie mich draußen einsetzen, um sie aufzuspüren.«

»Ich hab dem Alten genau dasselbe gesagt«, sagte ich voller Anteilnahme. »Aber er hat Angst vor dem Risiko, daß Ihnen etwas zustößt. Er sagt, daß er in den ganzen fünfzig Jahren, seit er Leuten nachgeschlichen ist, niemals einen so hübschen Angestellten gehabt hat. Mal abgesehen davon, daß der auch noch ein Dressman, ein Partylöwe und ein Millionenerbe ist. Nach seiner Vorstellung sollen wir Sie als eine Art Schaustück schonen und Sie nicht den Gefahren ...«

»Ach, gehen Sie doch zum Teufel«, sagte Jack mit hochrotem Gesicht.

»Aber ich hab ihn dazu überredet, Sie für heute aus der Vitrine nehmen zu dürfen«, fuhr ich fort. »Erwarten Sie mich also kurz vor elf an der Ecke Van Ness und Geary.«

»Geht's richtig los?« Er war voller Tatendrang.

»Kann schon sein.«

»Was haben wir vor?«

»Bringen Sie Ihr kleines Schießgewehr mit.« Mir kam eine Idee, und ich faßte sie in Worte. »Ziehen Sie sich fein an – große Abendgarderobe.«

»Smoking?«

»Nein. Gehen Sie ruhig aufs Ganze. Nur keinen Zylinder! Nun zu Ihrer Aufgabe: Man soll nicht merken, daß Sie ein Detektiv sind. Ich bin mir nicht sicher, was Sie ganz genau sein sollen, aber das spielt auch keine Rolle. Tom-Tom Carey wird dabei sein. Tun Sie so, als wären Sie weder mein Freund noch seiner – so, als ob Sie keinem von uns trauen. Wir werden ziemlich schräg zu Ihnen sein. Wenn irgendwas gefragt wird, was Sie nicht beantworten können – dann seien Sie einfach feindselig. Aber treten Sie Carey auch nicht zu sehr auf die Zehen. Kapiert?«

»Ich – ich glaub schon.« Er sprach langsam und zog seine Stirn in Falten. »Ich soll spielen, daß ich zwar hinter derselben Sache wie Sie her bin, aber daß wir abgesehen davon alles andere als Freunde sind. So als ob ich Ihnen nicht über den Weg traue. Ist es das?«

»Genau das. Und nehmen Sie sich in acht. Sie werden die ganze Zeit in purem Nitroglyzerin schwimmen.«

»Worum geht's denn? Seien Sie nett! Geben Sie mir wenigstens einen kleinen Tip!«

Ich grinste hinauf zu ihm. Er war ein ganzes Stück größer als ich.

»Das könnt ich machen«, sagte ich zustimmend. »Aber ich habe Angst, daß Sie es dann mit der Angst kriegen und den Schwanz einziehen. Daher sage ich Ihnen besser nichts. Seien Sie also unbeschwert, solange es noch geht. Essen Sie gut zu Abend. Viele Verurteilte nehmen ein herzhaftes Frühstück mit Schinken und Eiern zu sich, bevor sie sich auf den letzten Weg machen. Fürs Abendessen mag das zwar für Sie nicht das Richtige sein, aber...«

Fünf vor elf in dieser Nacht kam Tom-Tom Carey mit einer schwarzen Limousine zu der Ecke, an der Jack und ich wartend im Nebel standen, der sich wie ein feuchter Pelzmantel anfühlte.

»Steigt ein«, befahl er, als wir an den Randstein kamen.

Ich öffnete die Vordertür und wollte Jack reinbugsieren. Er begann mit seiner kleinen Theatervorstellung, indem er mich kalt ansah und die Hintertür öffnete.

»Ich werde lieber hinten sitzen«, sagte er schroff.

»Keine schlechte Idee.« Und ich stieg neben ihm ein.

Carey drehte sich auf seinem Sitz um, und er und Jack starrten sich eine Weile an. Ich sagte nichts, stellte sie einander nicht vor. Als der dunkelhäutige Mann fertig damit war, den Jungen abzuschätzen, blickte er von dem Kragen und der Fliege des Jungen – der Rest der großen Abendgarderobe steckte unter dem Mantel – zu mir, grinste und sagte mit verstellt gezierter Stimme: »Ihr Freund ist Kellner, hm?«

Ich lachte, weil die Wut, die das Gesicht des Jungen dunkel färbte und ihm den Mund offenstehen ließ, echt und nicht gespielt war. Ich stieß ihn mit dem Fuß an. Er machte den Mund zu, sagte nichts und sah Tom-Tom Carey und mich an, als ob wir Exemplare irgendeiner niederen Tiergattung wären.

Ich grinste zu Carey zurück und fragte: »Warten wir noch auf etwas?«

Er sagte nein, hörte auf, Jack anzustarren und setzte den Wagen in Gang. Er fuhr uns durch den Park, den Boulevard hinunter. Der Verkehr in beiden Richtungen glomm kurz auf und verschwand dann wieder im dicken Nebel der Nacht. Gleich darauf ließen wir die Stadt hinter uns und kamen aus dem Nebel in klares Mondlicht. Ich sah mich nicht nach den Fahrzeugen um, die hinter uns fuhren, aber ich wußte, daß in einem von ihnen Dick Foley und Mickey Linehan sein mußten.

Tom-Tom Carey schwenkte unsern Wagen runter vom *Boulevard* in eine Straße, die glatt und gut ausgebaut war, auf der es aber wenig Verkehr gab.

»Ist nicht irgendwo hier in der Gegend letzte Nacht ein Mann erschossen worden?« fragte ich.

Carey nickte, ohne seinen Kopf umzudrehen, und sagte, nachdem wir eine viertel Meile weitergefahren waren: »Genau hier.«

Wir fuhren jetzt ein wenig langsamer, und Carey schaltete die Lichter aus. Ungefähr eine Meile kroch das Auto nur noch über die Straße, die bald im Mondlicht silbern glänzte, bald im Schatten grau wurde. Wir stoppten im Schatten einiger hoher Sträucher, die einen dunklen Fleck auf die Straße warfen.

»Wenn man an der Küste ist, soll man auch an der Küste wandern«, sagte Tom-Tom Carey und stieg aus dem Wagen.

Jack und ich folgten ihm. Carey zog seinen Mantel aus und warf ihn in den Wagen.

»Es ist gleich um die Wegbiegung, ein Stück weg von der Straße«, erklärte er uns. »Verdammtes Mondlicht! Ich hatte mit Nebel gerechnet.«

Weder ich noch Jack sagten etwas. Das Gesicht des Jungen war bleich und erregt.

»Wir nehmen den kürzesten Weg«, sagte Carey und führte uns über die Straße zu einem hohen Drahtzaun.

Er stieg zuerst über den Zaun, dann Jack, dann – das Geräusch von jemand, der von vorn die Straße entlang kam, ließ mich einhalten. Während ich den beiden Männern auf der anderen Seite des Zauns bedeutete, still zu sein, machte ich mich hinter einem Busch klein. Die näherkommenden Schritte waren leicht, schnell – die einer Frau.

Dann tauchte vor mir ein Mädchen im Mondlicht auf. Es war ein Mädchen um die zwanzig, weder groß noch klein, weder dick noch dünn. Sie trug einen kurzen Rock, keinen Hut, einen Sweater. Ihr bleiches Gesicht und ihre hastigen Bewegungen drückten panische Angst aus – aber da war noch etwas: mehr Schönheit, als ein Schnüffler im mittleren Alter gewöhnlich zu Gesicht bekommt.

Als sie Careys Auto klotzig im Schatten stehen sah, blieb sie plötzlich mit einem Keuchen, das sich fast zu einem Schrei auswuchs, stehen.

Ich ging auf sie zu und sagte: »Hallo, Nancy Regan.«

Diesmal war das Keuchen ein Schrei. »Oh! Oh!« Dann schien sie mich zu erkennen, falls mich das Mondlicht nicht täuschte, und die panische Angst begann von ihr zu weichen. Sie streckte mir beide Hände wie erleichtert entgegen.

»Also?« Ein bärenhaftes Brummen kam von dem schweren Brocken, der hinter ihr aus der Dunkelheit auftauchte. »Was hat das alles zu bedeuten.«

»Hallo, Andy«, grüßte ich den Brocken.

»Hallo«, echote MacElroy dumpf und blieb stehen.

Andy tat immer, was man ihn geheißen hatte. Man hatte ihn geheißen, auf Miss Newhall aufzupassen. Ich sah das Mädchen und dann wieder ihn an.

»Ist das Miss Newhall?« fragte ich.

»Ja«, brummte er. »Ich bin hier runter, wie Sie's mir gesagt haben, aber sie hat gesagt, daß sie mich nicht haben will – wollte mich nicht in ihr Haus lassen. Aber vom Weggehen haben Sie nichts gesagt. Deshalb hab ich draußen kampiert, ein bißchen herumgeschnüffelt und die Angelegenheit im Auge behalten. Und als ich sie vor 'ner Weile aus dem Fenster steigen sah, bin ich sofort hinter ihr her, um auf sie aufzupassen, wie Sie's mir gesagt haben.«

Tom-Tom Carey und Jack Counihan stiegen zurück auf die Straße und überquerten sie, um zu uns zu kommen. Der dunkelhäutige Mann hielt eine Automatic in einer Hand. Die

Augen des Mädchens waren starr auf mich gerichtet. Die andern beachtete sie überhaupt nicht.

»Was hat das alles zu bedeuten?« fragte ich sie.

»Ich weiß es nicht«, stammelte sie, während ihre Hände nach meinen Händen griffen. »Ja, ich bin Ann Newhall. Ich hatte keine Ahnung. Ich hab das alles für einen Spaß gehalten. Und als ich schließlich merkte, daß es kein Spaß war, gab's kein Zurück mehr.«

Tom-Tom Carey grunzte und scharrte ungeduldig mit den Füßen.

Jack Counihan starrte die Straße hinunter. Andy MacElroy stand gleichmütig neben dem Mädchen, wartete darauf, daß man ihm sagte, was er als nächstes zu tun habe. Das Mädchen sah kein einziges Mal von mir weg zu den andern.

»Wie sind Sie da reingeraten?« wollte ich wissen. »Aber reden Sie schnell!«

Ich hatte das Mädchen gebeten, schnell zu reden. Und sie tat es. Geschlagene zwanzig Minuten stand sie da, ließ die Wörter in einem plappernden Strom fließen und machte keine Pausen, außer wenn ich sie unterbrach, um sie daran zu hindern, von dem Weg abzukommen, den ich sie zurückverfolgen lassen wollte. Was sie sagte, klang wirr, hatte an manchen Stellen keinen Zusammenhang, wirkte nicht immer plausibel, aber ich hatte, während sie sprach, den Eindruck, daß sie die Wahrheit zu sagen versuchte – fast die ganze Zeit.

Und sie wandte auch nicht für den Bruchteil einer Sekunde den Blick von mir ab. Es war so, als ob sie Angst hätte, irgendwo anders hinzuschauen.

Diese Millionärstochter war, und das war zwei Monate her, eine von vier jungen Leuten gewesen, die spät in der Nacht von irgendeiner Party unten am Strand zurückkehrten. Einer von ihnen machte den Vorschlag, in einem Gasthaus an der Straße haltzumachen – einer besonders verrufenen Kaschemme. Aber gerade dieser üble Ruf der Kneipe reizte die jungen Leute, was ganz natürlich war, denn es bedeutete für sie ein mehr oder weniger neues Erlebnis. Sie bekamen in jener Nacht einen Einblick aus erster Hand, denn sie gerieten – und niemand wußte, warum – mitten in eine Schlägerei, noch bevor sie zehn Minuten in der Pinte waren.

Der Begleiter des Mädchens hatte sie blamiert, indem er ein unvernünftiges Maß an Feigheit entwickelte. Er hatte sich von Red O'Leary übers Knie legen und vermöbeln lassen – und hatte das auch nachträglich stillschweigend geschluckt. Der andere junge Mann der Gruppe hatte sich auch nicht gerade mit Ruhm bekleckert. Das Mädchen, das sich durch diese Jammerlappen beleidigt fühlte, war auf den rothaarigen Riesen losmarschiert, der ihren Begleiter abgewrackt hatte, und hatte ihm so laut, daß es jeder hören konnte, gesagt: »Würden Sie mich bitte nach Hause bringen?«

Red O'Leary tat das liebend gern. Ein oder zwei Blocks von ihrer Stadtwohnung entfernt verabschiedete sie sich von ihm. Sie erzählte ihm, daß sie Nancy Regan heiße. Vielleicht hat er das nicht geglaubt, aber er hat ihr nie irgendwelche Fragen gestellt, sich nie in ihre Angelegenheiten gemischt. Obwohl sie in zwei verschiedenen Welten lebten, entstand zwischen ihnen so etwas wie eine echte Freundschaft. Sie mochte ihn. Er war ein so prächtiger ausgebuffter Typ, daß sie in ihm eine Art romantischen Ritter sah. Er liebte sie, wußte, daß sie himmelhoch über ihm stand, und so fiel es ihr nicht schwer, ihn im Zaum zu halten, soweit es sie betraf.

Sie trafen sich oft. Er brachte sie in sämtliche Ganovenkneipen im Hafenviertel, stellte ihr Diebe, Revolverhelden und Betrüger vor, erzählte ihr die wildesten Geschichten und abenteuerlichsten Gaunereien. Sie wußte, daß er auf der anderen Seite des Gesetzes stand, wußte, daß er in die Banküberfälle auf die *Seamen's National* und die *Golden Gate Trust* verwickelt war. Aber sie betrachtete das alles als eine Art aufregendes Theater. Und nicht als das, was es wirklich war.

Sie wachte erst auf, als sie an jenem Abend im Larrouy's saßen und von den Brüdern angefallen wurden, die Papadopoulos und die andern mit Reds Hilfe aufs Kreuz gelegt hatten. Aber jetzt war es für einen sauberen Schnitt zu spät. Sie wurde zusammen mit Red in den Schlupfwinkel von Papadopoulos getrieben, nachdem ich ihren großen Kerl mit 'ner Kugel erwischt hatte. Jetzt sah sie, wer ihre romantischen Ritter wirklich waren und worauf sie sich eingelassen hatte.

Als Papadopoulos entkam und sie mitnahm, war sie längst hellwach, geheilt und hatte ihren verhängnisvollen Hang zu den Gesetzlosen hinter sich. Dachte sie wenigstens. Und sie dachte, daß Papadopoulos der kleine, verängstigte alte Mann wäre, als der er jetzt erschien – Floras Sklave, ein harmloser alter Trottel, dem Tode zu nahe, um noch irgend etwas Böses im Sinn zu haben. Er hatte gewinselt und vor Angst gebibbert. Er hatte sie angefleht, ihn nicht im Stich zu lassen, hatte sich vor ihr zu rechtfertigen versucht, während Tränen über seine welken Wangen rollten, und hatte sie gebeten, ihn vor Flora zu verstecken. Sie nahm ihn in ihr Landhaus mit, ließ ihn im Garten herumfuhrwerken, wo er vor neugierigen Blicken sicher war. Auf die Idee, daß er längst wußte, wer sie wirklich war und ihr deshalb dieses Arrangement aufgeschwätzt hatte, kam sie nicht.

Sie glaubte sogar dann noch an seine Unschuld, als die Zeitungen berichteten, daß er der Oberbefehlshaber der Raubmörder-Armee gewesen und daß auf seinen Kopf eine Hundertundsechstausend-Dollar-Belohnung ausgesetzt sei. Er konnte sie davon überzeugen, daß Flora und Red ihm einfach alles in die Schuhe schoben, um mit leichteren Strafen davonzukommen. Er war ein so verängstigter Tattergreis – wer hätte ihm da nicht geglaubt.

Dann kam der Tod ihres Vaters in Mexiko, und der Schmerz, der sie beherrschte, hatte alle andern Gedanken aus ihrem Kopf verdrängt – bis zu dem Tag, als Big Flora und das andere Mädchen (wahrscheinlich Angel Grace Cardigan) in ihr Haus gekommen waren. Big Flora hatte sie schon einmal zu Tode erschreckt, als sie sie früher getroffen hatte. Jetzt war ihre Angst noch größer. Und bald fand sie heraus, daß Papadopoulos keineswegs Floras Sklave, sondern ihr Gebieter war. Jetzt sah sie den alten Galgenvogel, wie er wirklich war. Aber die Augen sollten ihr noch weiter aufgehen.

Angel Grace hatte plötzlich versucht, Papadopoulos zu töten.

Flora hatte sie überwältigt. Grace hatte herausfordernd erklärt, sie sei Paddys Mädchen gewesen. Dann hatte sie Ann Newhall angeschrien: »Und du, du verdammte Idiotin, weißt du denn nicht, wer deinen Vater umgebracht hat? Weißt du wirklich nicht –?«

Big Floras Finger, die Angel Graces Kehle zudrückten, machten der Frage ein Ende. Flora fesselte Angel dann und nahm sich anschließend das Newhall-Mädchen vor.

»Du steckst mit drin«, sagte sie grob. »Bis zum Hals steckst du mit drin. Du wirst weiter mitspielen, sonst –. So sieht die Sache aus, Schätzchen. Den Alten und mich machen sie einen Kopf kürzer, wenn sie uns zu fassen kriegen. Und du wirst mit von der Partie sein, dafür werde ich sorgen. Wenn du aber machst, was man dir sagt, sind wir alle fein raus. Wenn du verrückt spielst, brech ich dir sämtliche Knochen im Leib.«

Was danach kam, daran erinnerte sich das Mädchen nicht so genau. Sie hat eine schwache Ahnung, daß sie zur Tür gegangen sei und Andy gesagt habe, daß sie seine Hilfe nicht brauche. Sie tat das mechanisch, ohne die Nachhilfe der großen blonden Frau, die dicht hinter ihr stand. Später sei sie, gleichfalls vor Angst halb bewußtlos, aus dem Fenster ihres Schlafzimmers auf das Dach der weinbewachsenen Veranda geklettert, sei dann fort vom Haus die Straße entlang gerannt, ohne zu wissen wohin, nur um zu entkommen.

Das war es, was ich von dem Mädchen erfuhr. Sie erzählte mir nicht alles. Und sie erzählte nur sehr wenig mit diesen Worten. Aber dies ist die Geschichte, die ich mir aus ihren Worten, aus der Art ihrer Erzählung, ihrem Mienenspiel und dem, was ich wußte und vermutete, zusammenkombinierte.

Und nicht ein einziges Mal, während sie erzählte, wandte sie den Blick von mir ab. Nicht ein einziges Mal verriet sie, daß sie wußte, daß noch andere Leute mit uns auf der Straße herumstanden. Sie starrte mit verzweifelter Festigkeit in mein Gesicht, so als ob sie Angst hätte, es nicht zu tun, und ihre Hände hielten meine, als ob sie in den Boden gesunken wäre, wenn sie mich losgelassen hätte.

»Was ist mit Ihrem Dienstpersonal?« fragte ich.

»Es ist niemand mehr da.«

»Hat Papadopoulos Sie überredet, alle wegzuschicken?«

»Ja – vor ein paar Tagen.«

»Dann sind Papadopoulos, Flora und Angel Grace im Augenblick die einzigen Leute im Haus?«

»Ja.«

»Wissen die, daß Sie durchgebrannt sind?«

»Ich weiß es nicht. Ich glaube nicht, daß sie's wissen. Ich war schon geraume Zeit in meinem Schlafzimmer. Ich glaube nicht, daß sie mir zutrauen, ich würde etwas tun, was sie mir nicht befohlen hätten.«

Ich ärgerte mich, als ich entdeckte, daß ich dem Mädchen genauso fixiert in die Augen sah wie sie mir und daß es mir auch jetzt nicht leichtfiel, den Blick von ihr zu wenden. Ich riß meinen Blick von ihr los und nahm meine Hände weg.

»Den Rest können Sie mir später erzählen«, knurrte ich und wandte mich zu Andy MacElroy, um ihm seine Anweisungen zu geben: »Sie bleiben hier bei Miss Newhall, bis wir vom Haus zurück sind. Macht es euch im Auto bequem.«

Das Mädchen legte ihre Hand auf meinen Arm. »Bin ich –? Sind Sie –?«

»Ja, wir werden Sie der Polizei übergeben«, versicherte ich ihr.

»Nein! Nein!«

»Seien Sie nicht kindisch!« bat ich sie. »Sie können nicht erst mit 'ner Meute von Halsabschneidern herumstreunen, sich mit 'ner Bande von Verbrechern zusammentun, und dann, wenn Sie geschnappt werden, sagen: ›Entschuldigen Sie, bitte!‹, und denken, damit wäre die Sache für Sie ausgestanden. Wenn Sie die ganze Geschichte vor Gericht erzählen – einschließlich der Teile, die Sie bei mir ausgelassen haben –, haben Sie eine gute Chance, ungeschoren davonzukommen. Aber daß Sie verhaftet werden – daran führt kein Weg in Gottes weiter Welt vorbei. Los«, sagte ich zu Jack und Tom-Tom Carey. »Wir müssen uns auf die Socken machen, wenn wir unsere Leute noch zu Hause antreffen wollen.«

Als ich mich, während ich über den Zaun kletterte, umdrehte, sah ich, daß Andy das Mädchen ins Auto gesetzt hatte und gerade selbst einsteigen wollte. »Einen Augenblick«, rief ich Jack und Carey zu, die schon über das Feld stiefelten.

»Ist Ihnen noch was eingefallen, um uns unsere Zeit zu stehlen?« beklagte sich der dunkelhäutige Mann.

Ich ging zurück über die Straße zum Auto und sprach schnell und leise zu Andy. »Dick Foley und Mickey Linehan müssen sich hier in der Nähe herumtreiben. Sobald wir außer Sichtweite sind, spüren Sie sie auf. Sagen Sie Dick, er soll Miss Newhall mitnehmen, zum nächsten besten Telefon rasen und den Sheriff alarmieren. Sagen Sie Dick, daß er das Mädchen dem Sheriff übergibt, damit der sie für die Polizei von San Franzisko festnimmt. Und sagen Sie ihm, sonst soll er sie niemandem herausrücken – nicht mal mir. Kommen Sie mit?«

»Ich komme.«

»Okay. Nachdem Sie ihm das gesagt und ihm das Mädchen übergeben haben, schaffen Sie Mickey Linehan zum Newhall-Haus, und zwar so schnell wie möglich. Wir werden wahrscheinlich jede Hilfe brauchen, wenn sie nur rechtzeitig kommt.«

»Sie wird kommen«, sagte Andy.

»Was war'n los?« fragte Tom-Tom Carey mißtrauisch, als ich Jack und ihn wieder eingeholt hatte.

»Detektiv-Kram.«

»Ich hätt allein hierherkommen und das Ding allein drehen sollen«, knurrte er. »Bisher haben Sie verdammt nicht mehr gemacht, als Zeit zu verplempern.«

»Und wer verplempert sie jetzt?«

Er schniefte und setzte sich dann wieder querfeldein in Marsch. Jack und ich folgten ihm. Am Ende des Felds mußten wir über einen zweiten Zaun steigen. Dann stiefelten wir über einen kleinen bewaldeten Hügel, und das Newhall-Haus lag vor uns – ein großes weißes Haus, das im Mondlicht mit gelben Rechtecken aufleuchtete, wo herabgezogene Jalousien beleuchtete Räume markierten. Die Lichter waren im Erdgeschoß an. Das obere Stockwerk war dunkel. Alles war still.

»Verdammtes Mondlicht«, wiederholte Tom-Tom Carey und zog eine zweite Automatic aus der Tasche, so daß er jetzt in jeder Hand eine hielt.

Jack fing ebenfalls an, seine Kanone herauszuziehen, sah mich an, bemerkte, daß ich meine in Ruhe ließ, und ließ seine wieder in die Tasche gleiten.

Tom-Tom Careys Gesicht war eine dunkle Steinmaske – mit Schlitzen für die Augen und einem Schlitz für den Mund –, die finstere Maske eines Kopfjägers und Menschenkillers. Er atmete vorsichtig, seine breite Brust bewegte sich nur schwach. Neben ihm sah Jack Counihan wie ein aufgeregter Schuljunge aus. Sein Gesicht war gräßlich verzerrt, seine Augen weit aufgerissen, und er schnaubte wie eine Luftpumpe. Aber trotz all seiner Nervosität war sein Grinsen echt.

»Wir wollen von dieser Seite ans Haus ran«, flüsterte ich. »Dann nimmt sich einer von uns die Vorderseite und einer die Rückseite. Der dritte soll warten, bis er merkt, wo er am meisten gebraucht wird. Einverstanden?«

»Einverstanden«, sagte der dunkelhäutige Mann zustimmend.

»Einen Augenblick!« stieß Jack hervor. »Das Mädchen ist am Weinspalier entlang aus einem der oberen Fenster geklettert. Was haltet ihr davon, wenn ich den gleichen Weg nach oben nehme? Ich bin leichter als ihr beide. Falls sie ihre Flucht noch nicht spitzgekriegt haben, ist das Fenster immer noch offen. Gebt mir zehn Minuten, damit ich das Fenster finden, einsteigen und mich postieren kann. Wenn ihr dann angreift, bin ich in ihrem Rücken. Wie findet ihr das?« Er wartete auf den Beifall.

»Und wenn sie Sie schnappen, sobald Sie einsteigen?« hielt ich ihm entgegen.

»Angenommen, das passiert. Dann kann ich immer noch genug Lärm schlagen, daß ihr mich hört. Ihr könnt dann zum Angriff stürmen, während sie mit mir beschäftigt sind. Das ist fast genauso gut.«

»Ach, du meine Güte!« bellte Tom-Tom Carey. »Und wozu soll das gut sein? Das andre ist besser. Einer von uns durch die Vordertür, einer hinten, die Türen eintreten und dann ›Feuer‹.«

»Wenn sein Plan klappt, ist er besser«, sagte ich. »Wenn Sie in den Ofen springen wollen, Jack, will ich Sie nicht aufhalten. Ich will Sie nicht um Ihre Heldentat bringen.«

»Nein!« schnarrte der dunkelhäutige Mann. »Nichts zu machen.«

»Ja«, widersprach ich ihm. »Wir wollen's versuchen. Aber lassen Sie sich lieber zwanzig Minuten Zeit, Jack. Damit könnten Sie es grade schaffen.«

Er sah auf seine Uhr und ich auf meine, dann wollte er auf das Haus zugehen.

Tom-Tom Carey stellte sich ihm mit einem finsteren Gesicht in den Weg. Ich fluchte und ging zwischen den dunkelhäutigen Mann und den Jungen. Jack ging um meinen Rücken herum, spurtete durch den viel zu hellen Streifen zwischen uns und dem Haus.

»Kommen Sie wieder runter!« sagte ich zu Carey. »Es gibt 'ne Menge Dinge in diesem Spiel, von denen Sie keine Ahnung haben.«

»Verdammt zu viele Dinge!« knurrte er, aber er ließ den Jungen laufen.

Auf unserer Seite war kein Fenster im ersten Stockwerk offen. Jack kroch um die Ecke und verschwand aus unserer Sicht.

Hinter uns war ein schwaches Rascheln zu hören. Carey und ich drehten uns gleichzeitig um. Seine Revolver fuhren hoch. Ich streckte meinen Arm aus und drückte sie wieder hinunter.

»Kriegen Sie bloß keinen Anfall«, ermahnte ich ihn. »Das ist nur eins von den Dingen, von denen Sie nichts wissen.«

Das Rascheln hatte aufgehört.

»Alles in Ordnung«, rief ich leise.

Mickey Linehan und Andy MacElroy traten aus dem Schatten der Bäume.

Tom-Tom Carey brachte sein Gesicht so nah an meins, daß ich zerkratzt worden wäre, wenn er sich heute zu rasieren vergessen hätte.

»Sie haben mich angeschmiert –«

»Nehmen Sie sich doch zusammen! Ein Mann in Ihrem Alter!« ermahnte ich ihn. »Keiner von diesen Jungs will Ihnen was von Ihrem Blutgeld wegnehmen.«

»Ich bin nicht gern mit 'nem ganzen Verein«, knurrte er. »Wir –«

»Wir werden bald heilfroh über jede Verstärkung sein«, unterbrach ich ihn und sah auf meine Uhr. Dann sagte ich zu den beiden Detektiven: »Wir werden das Haus jetzt einkreisen. Vier von uns müßten das doch sauber abwickeln können. Ihr kennt Papadopoulos, Big Flora und Angel Grace von den Beschreibungen. Sie sind drin. Geht mit ihnen kein Risiko ein – Flora und Papadopoulos sind pures Dynamit. Jack Counihan versucht uns von drinnen zu unterstützen. Ihr zwei seht euch die Hinterseite des Kastens an. Carey und ich nehmen die Vorderseite. Wir beide machen das Spiel. Ihr paßt hinten auf, daß sich keiner verkrümelt. Vorwärts, marsch!«

Der dunkelhäutige Mann und ich gingen auf die Vorveranda los – eine große mit Wein überwachsene Veranda, die jetzt in gelbem Licht lag, das durch vier verhangene französische Fenster fiel.

Als wir unsere ersten Schritte über die Veranda machten, bewegte sich eines dieser hohen Fenster – und öffnete sich.

Das erste, was ich sah, war Jack Counihans Rücken.

Er drückte den Fensterflügel mit einer Hand und mit dem Fuß auf, ohne seinen Kopf dabei umzuwenden.

Am andern Ende des hell erleuchteten Raums standen ein Mann und eine Frau, ihr Gesicht zu dem Jungen gewendet. Der Mann war alt, klein, hager, runzlig und jämmerlich erschrocken – Papadopoulos. Ich sah, daß er seinen struppigen weißen Schnurrbart abrasiert hatte. Die Frau war groß, füllig, hatte rosa Fleisch und gelbe Haare – ein weibliches Schwergewicht um die vierzig mit klaren grauen Augen, die tief in einem hübschen brutalen Gesicht lagen – Big Flora Brace. Sie standen sehr ruhig da, Seite an Seite, und beobachteten die Mündung von Jack Counihans Revolver.

Während ich vor der Fenstertür stand und mir diese Szene betrachtete, ging Tom-Tom Carey an mir vorbei durch das hohe Fenster und stellte sich, beide Revolver im Anschlag, neben den Jungen. Ich blieb, wo ich war, und folgte ihm nicht.

Die ängstlichen braunen Augen von Papadopoulos hefteten sich auf das Gesicht des dunkelhäutigen Mannes. Floras graue Augen streiften sein Gesicht nachdenklich und sahen dann an ihm vorbei zu mir.

»Bleibt alle ruhig stehen!« befahl ich und bewegte mich aus der Fenstertür zu der Seite der Veranda, wo der Wein am dünnsten wuchs. Ich lehnte mich durch den Wein, so daß mein Gesicht im Mondlicht klar zu sehen war, und sah an der Seite des Gebäudes entlang. Ein Schatten im Schatten der Garage konnte ein Mann sein. Ich streckte einen Arm in das Mondlicht hinaus und winkte. Der Schatten bewegte sich auf mich zu – Mickey Linehan.

Andy MacElroys Kopf linste an der Rückseite des Hauses um die Ecke. Ich winkte nochmals, und er folgte Mickey.

Ich kehrte zum offenen Fenster zurück.

Papadopoulos und Flora – ein Kaninchen und eine Löwin – standen da und starrten in die Revolver von Carey und Jack. Dann entdeckten sie wieder mich, und ein Lächeln begann die Lippen der Frau zu kräuseln.

Mickey und Andy erschienen und stellten sich neben mich. Das Lächeln der Frau erstarb jäh.

»Carey«, sagte ich. »Sie und Jack bleiben so stehen. Mickey

und Andy, ihr geht hinein und nehmt die Himmelsgeschenke da in Empfang.«

Als die beiden Detektive durch das Fenster marschierten – passierten einige Dinge.

Papadopoulos schrie.

Big Flora rammte ihn, indem sie ihn zur Türe stieß. »Hau ab! Hau ab!« röhrte sie.

Stolpernd und taumelnd hastete er durchs Zimmer.

Flora hatte ein Paar Kanonen – die plötzlich in ihre Hand gehüpft waren. Ihr schwerer Körper schien den Raum zu füllen, so als ob sie durch reine Willenskraft zur Riesin gewachsen wäre. Sie ging zum Angriff über – geradezu auf die Revolver, die Jack und Carey hielten, los – und deckte so die Hintertür und den fliehenden Mann vor deren Schüssen.

Ein flüchtiger Schatten auf einer Seite markierte Andy MacElroys Bewegung. Ich legte eine Hand auf Jacks Schußarm.

»Nicht schießen«, flüsterte ich ihm ins Ohr.

Die beiden Pistolen von Flora donnerten gleichzeitig los. Aber sie stürzte hin. Andy war mit ihr zusammengestoßen. Er hatte sich gegen ihre Beine geschleudert, wie ein Mann einen Felsbrokken geschleudert hätte.

Als Flora hinstürzte, hörte Tom-Tom Carey mit dem Warten auf. Sein erster Schuß war so nah an ihr vorbeigezielt, daß er ihre gelben Locken streifte. Aber der Schuß ging weiter – und er erwischte Papadopulos gerade, als der durch die Tür gehen wollte. Der Schuß traf ihn unten im Rücken – und streckte ihn auf den Boden.

Carey feuerte wieder – und wieder – und wieder – in den flach hingestreckten Körper.

»Das ist sinnlos«, knurrte ich. »Noch toter können Sie ihn nicht machen.«

Er gluckste und senkte seine Waffen.

»Vier auf hundertundsechs.« Seine schlechte Laune und sein Zorn waren verflogen. »Das macht sechsundzwanzigtausendfünfhundert Dollar auf jeden dieser Schüsse für mich.«

Andy und Mickey hatten Flora niedergerungen und hoben sie vom Boden auf.

Ich wendete meinen Blick von ihnen wieder dem dunkelhäutigen Mann zu und murmelte: »Wir sind noch nicht ganz am Ende.«

»Nein?« Er schien überrascht zu sein. »Was kommt denn als nächstes?«

»Bleiben Sie wachsam und lassen Sie sich von Ihrem Gewissen leiten«, antwortete ich und wandte mich dem jungen Counihan zu. »Kommen Sie mit mir, Jack.«

Ich führte ihn den Weg durch die Fenstertür und über die Veranda, wo ich mich gegen das Geländer lehnte. Jack war mir gefolgt und stand mir nun gegenüber. Er hatte seinen Revolver immer noch in der Hand, sein Gesicht war bleich und wirkte nach der nervösen Anspannung müde. Indem ich über seine Schulter sah, konnte ich das Zimmer, das wir gerade verlassen hatten, überblicken: Andy und Mickey und Flora, die zwischen den beiden auf dem Sofa saß. Carey stand ein wenig seitlich und sah Jack und mich neugierig an. Wir standen mitten in einem Lichtband, das durch das offene Fenster fiel. Wir konnten hineinsehen – abgesehen davon, daß Jack dem Zimmer den Rücken zukehrte –, und wir konnten von drinnen gesehen werden. Aber unser Gespräch konnte man nicht hören, solange wir nicht allzu laut sprachen.

Alles war, wie ich es gewollt hatte.

»Und nun erzählen Sie mir was«, befahl ich Jack.

»Also, ich hab das offene Fenster entdeckt«, fing der Junge an.

»Diesen Teil der Geschichte kenn ich schon«, unterbrach ich ihn. »Sie sind hineingekommen und haben Ihren beiden Freunden – Papadopoulos und Flora – von der Flucht des Mädchens erzählt. Und daß Carey und ich im Anmarsch wären. Sie haben ihnen den Rat gegeben, die Sache so zu drehen, daß es danach aussehen würde, als hätten Sie die beiden ganz allein gefangen. Damit Carey und ich auf diesen Leim gehen. Mit Ihnen unbeobachtet in unserm Rücken wäre es für euch drei ein Leichtes gewesen, uns zu erledigen. Danach hätten Sie gemütlich die Straße runterschlendern und Andy erzählen können, daß ich nach dem Mädchen geschickt hätte. Das war ein guter Plan – abgesehen davon, daß Sie nicht wußten, daß ich Dick und Mickey aus meinem Ärmel zaubern konnte und auch nicht, daß ich Sie nicht in meinen Rücken lassen würde. Aber das ist es alles nicht, was ich wissen will. Ich will wissen, warum Sie uns verkauft haben – und was Sie jetzt zu tun gedenken.«

»Sind Sie verrückt?« Sein junges Gesicht war verstört, seine jungen Augen voller panischer Angst. »Oder ist das irgendein ...«

»Aber gewiß, ich bin verrückt«, gestand ich. »Oder war ich vielleicht nicht verrückt genug, mich von Ihnen in die Falle von Sausalito locken zu lassen? Aber ich war nicht so total verrückt, daß ich mir's nachher nicht an allen fünf Fingern ausrechnen konnte. Ich war nicht so verrückt, um nicht zu bemerken, daß Ann Newhall Angst hatte, Sie anzusehen. Und ich bin nicht verrückt genug, zu glauben, daß Sie Papadopoulos und Flora festgenommen haben könnten, ohne daß die beiden es zuließen. Ich bin verrückt – aber mit Maßen.«

Jack lachte – ein sorgloses junges Lachen – nur zu schrill. Seine Augen lachten nicht mit seinem Mund und seiner Stimme mit. Während er lachte, wanderten seine Augen von mir zu dem Revolver in seiner Hand und dann wieder zu mir.

»Reden Sie, Jack«, bat ich mit heiserer Stimme und legte eine Hand auf seine Schulter. »Um Himmels willen, warum haben Sie es getan?«

Der Junge schloß seine Augen, schluckte, wobei seine Schultern zitterten. Als er seine Augen wieder öffnete, waren sie hart, glänzend und voll kaltem Hohn. »Das Schlimmste daran ist«, sagte er brüsk und drehte seine Schulter unter meiner Hand weg, »daß ich keinen besonders guten Schurken abgegeben habe, nicht wahr? Ich hab Sie nicht gerade erfolgreich hinters Licht geführt.«

Ich sagte nichts.

»Ich vermute, daß Sie inzwischen ein Recht auf meine Geschichte haben«, fuhr er nach einer kleinen Pause fort. Er sprach bewußt eintönig, so als ob er absichtlich jede Betonung und jede Emphase, die Gefühle verraten hätten, heraushalten wollte. Er war zu jung, um natürlich zu sprechen. »Ich habe Ann Newhall vor drei Wochen getroffen, und zwar bei mir zu Hause. Sie war mit meinen Schwestern zur Schule gegangen, trotzdem hatte ich sie nie zuvor gesehen. Aber wir erkannten uns natürlich sofort – ich wußte, daß sie Nancy Regan war, und sie wußte, daß ich ein Detektiv der Continental war.

Wir gingen also aus uns heraus und besprachen die ganze Sache. Dann nahm sie mich mit, um mich Papadopoulos vorzustellen. Der alte Mann gefiel mir, und ich gefiel ihm. Er zeigte mir, wie wir zusammen ungeahnte Reichtümer auftürmen könnten. Da haben Sie den Grund! Die Aussicht auf das viele Geld zerstreute meine moralischen Bedenken. Ich erzählte ihm von Carey, sobald ich durch Sie von ihm gehört hatte. Und ich hab Sie in die Falle gelockt, wie Sie's gesagt haben. Er war der Ansicht, es wäre besser, Sie aus dem Weg zu schaffen, bevor Sie auf die Verbindung zwischen Newhall und Papadopoulos kommen.

Nachdem das schiefgegangen war, wollte er, daß ich's noch mal versuche, aber ich weigerte mich, bei noch so einer Pleite mitzumischen. Es gibt nichts Alberneres als einen Mord, bei dem's nicht klappt. Ann Newhall ist an all dem unschuldig, außer daß sie ein Dummchen ist. Ich glaube nicht, daß sie auch nur den leisesten Verdacht hat, ich hätte meine Finger da mit drin, außer daß ich davon Abstand nahm, sie alle festzunehmen. Und das, mein lieber Sherlock, ist so ungefähr das Ende meines Geständnisses.«

Ich hatte der Geschichte des Jungen mit einer groß zur Schau gestellten aufmerksamen Sympathie zugehört. Jetzt sah ich ihn finster an und sprach vorwurfsvoll, wenn auch immer noch nicht unfreundlich.

»Hören Sie auf zu schwindeln! Das Geld, das Ihnen Papadopoulos vor die Nase gehängt hat, hat Sie nicht eingekauft. Sie haben das Mädchen getroffen und es nicht übers Herz gebracht, sie einzubuchten. Aber Ihre Eitelkeit – Ihr Stolz, der Ihnen einreden wollte, Sie wären ein ganz hübsch kaltschnäuziger Knochen – hat Ihnen nicht mal erlaubt, das vor sich selbst zuzugeben. Sie mußten den Hartgesottenen spielen. Und so wurden Sie die Wurst auf Papadopoulos' Brot. Er hat Ihnen 'ne Rolle gegeben, die Sie sich selbst vorspielen konnten – der noble Gentleman-Verbrecher, das eiskalte Superhirn, der zum Verzweifeln charmante Schurke – und noch mehr von der Sorte und all dem romantischen Mist. So ist die Sache doch gelaufen, mein Sohn. Deshalb sind Sie auch so weit als möglich über das hinausgegangen, was nötig war, um das Mädchen vorm Knast zu bewahren. Nur um der Welt und hauptsächlich sich selbst zu beweisen, daß Sie nicht aus Gefühlsduseligkeit handeln, sondern aus eigener skrupelloser Gier. Und jetzt stehn Sie da. Sehn Sie sich doch mal selbst an.« Was er auch an sich sehen mochte – das, was ich sah oder auch ganz was anderes –, er errötete jedenfalls langsam und wollte mich nicht mehr anschauen. Er sah an mir vorbei, weit weg auf die Straße.

Ich blickte in das erleuchtete Zimmer hinter ihm. Tom-Tom Carey war bis zur Mitte des Raums nach vorne gekommen, wo er stand und uns beobachtete. Ich gab ihm ein Zeichen mit dem Mundwinkel – eine Warnung.

»Also«, fing der Junge wieder an, aber er wußte nicht, was er weiter sagen sollte. Er begann, unruhig mit den Füßen auf dem Boden zu scharren, und versuchte, mich nicht anzuschauen.

Ich richtete mich grade auf und befreite mich vom letzten Rest geheuchelter Sympathie.

»Gib mir deine Knarre, du lausige Ratte!« knurrte ich ihn an.

Er sprang zurück, als ob ich ihn geschlagen hätte. Wahnsinn verzerrte sein Gesicht. Er riß seinen Revolver in Brusthöhe.

Tom-Tom Carey sah den Revolver hochgehen. Der dunkelhäutige Mann drückte zweimal ab. Jack Counihan lag tot zu meinen Füßen.

Mickey Linehan drückte einmal ab. Carey lag auf dem Boden und blutete aus der Stirn.

Ich stieg über Jacks Körper, ging ins Zimmer und kniete mich neben den dunkelhäutigen Mann. Er krümmte sich, versuchte etwas zu sagen und starb, bevor er's sagen konnte. Ich wartete, bis mein Gesicht wieder in Ordnung war, bevor ich aufstand.

Big Flora studierte mich mit zusammengekniffenen grauen Augen. »Ich schau noch nicht ganz durch«, sagte sie langsam, »aber wenn Sie«

»Wo steckt Angel Grace?« unterbrach ich sie.

»An den Küchentisch gefesselt«, informierte sie mich und fuhr fort, laut zu denken. »Sie spielen da ein Spielchen, das –«

»Klar«, sagte ich sauer. »Ich bin ein zweiter Papadopoulos.«

Ihr schwerer Körper wurde plötzlich geschüttelt. Schmerz überschattete ihr hübsches brutales Gesicht. Zwei Tränen traten an ihren unteren Lidern hervor.

Ich will verdammt sein, wenn sie den alten Halunken nicht geliebt hat!

Es war nach acht Uhr morgens, als ich in die Stadt zurückkam. Ich frühstückte und fuhr dann hinauf zur Agentur, wo ich den Alten dabei antraf, wie er sich durch die Morgenpost arbeitete.

»Es ist alles vorbei«, berichtete ich ihm. »Papadopoulos hat gewußt, daß Nancy Regan die Erbin von Taylor Newhall war. Als er ein Versteck brauchte, nachdem seine Bankgeschäfte zu Bruch gegangen waren, hat er sie dazu gebracht, ihn runter auf den Landsitz der Newhalls zu bringen. Er hatte sie mit zwei Dingen in der Hand. Einmal bemitleidete sie ihn als einen alten Trottel, den die andern mißbrauchten. Und zum andern war sie – auch wenn das unwissentlich geschah – seine Komplizin, nachdem sie ihm beim Verstecken geholfen hatte.

Bald darauf mußte Papa Newhall geschäftlich nach Mexiko. Papadopoulos witterte eine Chance, daß sich da was machen ließe. Wenn Newhall weg wäre, hätte das Mädchen die Millionen – und der alte Gauner wußte, daß er sie ihr würde abknöpfen können. Er schickte Barrows runter zur Grenze, der den Mord bei den mexikanischen Banditen kaufen sollte. Barrows übernahm das, aber er redete anschließend zuviel. Er erzählte einem

Mädchen in Nogales, daß er nach Frisco zurück müßte, wo er ›'n Haufen Geld von 'nem Griechen abkassieren‹ würde. Und dann wollte er zurückkommen und ihr die Welt kaufen. Das Mädchen steckte das Tom-Tom Carey. Carey zählte eins und eins zusammen und kam zu einem glatten Ergebnis. Darauf folgte er Barrows hierher.

Angel Grace war an dem Morgen dabei, als er Barrows ausfragte – um rauszufinden, ob der alte Grieche wirklich Papadopoulos war und wo er sich versteckte. Aber Barrows war zu voll mit Morphium, um sich vernünftig zureden zu lassen. Er war so bis zur Gefühllosigkeit gedopt, daß der dunkelhäutige Mann, als er ihm mit dem Messer vernünftig zuredete, ihn förmlich abschälen mußte, bis er Schmerz spürte. Diese Metzelei machte Angel Grace ganz krank. Sie lief davon, nachdem sie vergeblich versucht hatte, Carey bei seiner Tätigkeit zu stoppen. Und als sie in den Nachmittagszeitungen las, was für ganze Arbeit er geleistet hatte, versuchte sie, Selbstmord zu begehen, um die Schreckbilder, die in ihrem Kopf herumkrabbelten, auszulöschen.

Carey bekam alles, was Barrows wußte, aber Barrows wußte nicht, wo Papadopoulos sich versteckte. Papadopoulos erfuhr von Careys Ankunft – Sie wissen, wie er's erfahren hat. Er schickte Arlie, um Carey zu bremsen. Bei Carey hätte der Friseur keine Chance gehabt – bis der dunkelhäutige Mann auf die Idee kam, daß Papadopoulos in Newhalls Haus leben könnte. Er fuhr dorthin und ließ sich dabei absichtlich von Arlie verfolgen. Sobald Arlie entdeckte, wo Carey hinwollte, hängte er sich an ihn, wild entschlossen, Carey um jeden Preis aufzuhalten. Das war genau das, was Carey beabsichtigt hatte. Er erschoß Arlie, fuhr in die Stadt zurück, zog mich rein und nahm mich mit runter, um die Sache aufzurollen.

In der Zwischenzeit hatte sich Angel Grace im Knast mit Big Flora angefreundet. Sie wußte, wer Flora war, aber Flora wußte nicht, wer sie war. Papadopoulos hatte für Flora einen Ausbruch arrangiert. Und zu zweit geht so was immer leichter als allein.

Flora nahm also die Angel mit und brachte sie zu Papadopoulos. Die Angel wollte ihm an die Gurgel, aber Flora erledigte sie durch K. o. in der ersten Runde.

Flora, Angel Grace und Ann Newhall, alias Nancy Regan, sind im County-Gefängnis«, schloß ich. »Papadopoulos, Tom-Tom Carey und Jack Counihan sind tot.«

Ich hörte auf zu reden und zündete mir eine Zigarette an, wobei ich mir Zeit ließ und Zigarette und Streichholz bei dieser Operation sorgfältig beobachtete. Der Alte hob einen Brief hoch, legte ihn wieder weg, ohne ihn gelesen zu haben, hob einen anderen Brief hoch.

»Sind sie im Verlauf der Verhaftungen getötet worden?« Seine sanfte Stimme drückte nichts als seine übliche unverbindliche Höflichkeit aus.

»Ja. Carey hat Papadopoulos getötet. Ein wenig später hat er Jack erschossen. Mickey, der von nichts wußte – der nur wußte, daß der dunkle Mann auf mich und Jack schoß – wir standen abseits und unterhielten uns –, schoß auf Carey und tötete ihn.« Die Worte wickelten sich um meine Zunge und wollten nicht richtig herauskommen. »Weder Mickey noch Andy wissen, daß Jack – niemand außer Ihnen und mir weiß genau, worum es – was Jack getan – Flora Brace und Ann Newhall wissen Bescheid, aber wenn wir sagen, daß er die ganze Zeit nach unsern Anweisungen gehandelt hat, kann das niemand widerlegen.«

Der Alte nickte mit seinem großväterlichen Gesicht, aber zum ersten Mal, in all den Jahren, da ich ihn kannte, wußte ich, woran er dachte. Er dachte daran, daß wir Jack gegenüber, falls er lebendig davongekommen wäre, nur die häßliche Wahl gehabt hätten, ihn ungeschoren laufen zu lassen oder der Agentur kräftig eins aufs Auge zu setzen – wir hätten die Tatsache in die Welt hinaustrompetet, daß einer unserer Detektive ein mieser Ganove war.

Ich warf meine Zigarette weg und stand auf. Der Alte stand auch auf und streckte mir die Hand entgegen.

»Ich danke Ihnen«, sagte er.

Ich nahm seine Hand, und ich verstand ihn, aber es gab nichts, was ich ihm gestehen wollte – nicht einmal durch Schweigen.

»So ist es nun mal gelaufen«, sagte ich bedächtig. »Ich hab die Karten so ausgespielt, daß wir den Vorteil der Vorhand hätten haben müssen – aber jetzt ist es nun mal so gelaufen.«

Er nickte und lächelte gütig.

»Ich werde mir ein paar Wochen frei nehmen«, sagte ich, schon in der Tür. Ich fühlte mich müde, völlig fertig.

Der zehnte Hinweis

»Mr. Leopold Gantvoort ist nicht da«, sagte der Hausdiener, der die Tür aufmachte; »aber sein Sohn ist zu Hause, Mr. Charles – wenn Sie den sprechen wollen.«

»Nein, ich war mit Mr. Leopold Gantvoort verabredet; um neun oder kurz nach neun. Es ist jetzt gerade neun. Er wird bestimmt gleich da sein. Ich warte solange.«

»Sehr wohl, Sir.«

Er machte einen Schritt zur Seite, um mich eintreten zu lassen, nahm mir Hut und Mantel ab, führte mich in ein Zimmer im ersten Stock – Gantvoorts Bibliothek – und verließ mich. Ich nahm mir von dem Stapel auf dem Tisch eine Zeitschrift, zog mir einen Aschenbecher heran und machte es mir bequem.

Es verging eine Stunde. Ich hörte auf zu lesen und fing an ungeduldig zu werden. Eine weitere Stunde verging – und unruhig rutschte ich in meinem Sessel herum.

Eine Uhr irgendwo im Erdgeschoß hatte begonnen, elf zu schlagen, als ein junger Mann – fünf- oder sechsundzwanzig, groß und schlank, mit auffallend weißer Haut, sehr dunklem Haar, sehr dunklen Augen – ins Zimmer kam.

»Mein Vater ist immer noch nicht zurück«, sagte er. »Es wär doch zu dumm, daß Sie die ganze Zeit umsonst gewartet haben – gibt es nicht irgend etwas, was ich für Sie tun könnte? Ich bin Charles Gantvoort.«

»Nein, danke.« Ich verstand, daß ich höflich aufgefordert war zu gehen, und erhob mich aus meinem Sessel. »Ich werde mich morgen mit ihm in Verbindung setzen.«

»Es tut mir leid«, murmelte er, und zusammen gingen wir zur Tür.

Als wir die Halle erreichten, summte in einer Ecke des

Zimmers, das wir gerade verließen, leise ein Nebenanschluß, und während Charles Gantvoort hinging, um den Hörer abzunehmen, blieb ich in der Tür stehen.

Sein Rücken war mir zugekehrt, als er in den Apparat sprach.

»Ja. Ja, ja!« – scharf – *»Was?* Ja« – sehr schwach – »Ja.«

Langsam drehte er sich um und sah mich an mit einem Gesicht, das grau war und gequält, mit großen erschrockenen Augen und offenem Mund – immer noch den Hörer in der Hand.

»Vater«, brachte er mühsam hervor, »ist tot – umgebracht!«

»Wo? Wie?«

»Ich weiß nicht. Das war die Polizei eben. Ich soll sofort hinkommen.«

Er gab sich einen Ruck, straffte die Schultern, nahm sich zusammen, legte den Hörer auf, und sein verzerrtes Gesicht glättete sich ein wenig.

»Sie werden verzeihen, daß ich ...«

»Mr. Gantvoort«, unterbrach ich seine Entschuldigung, »ich stehe im Dienst der Continental Detective Agency. Ihr Vater rief heute nachmittag bei uns an und bat darum, daß man ihm heute abend einen Detektiv schickt. Er sagte, sein Leben sei bedroht worden. Er hatte uns noch nicht definitiv engagiert, doch wenn Sie nichts dagegen haben, so ...«

»Selbstverständlich! Sie *haben* den Auftrag! Wenn die Polizei den Mörder nicht schon gefaßt hat, möchte ich, daß Sie alles daransetzen, ihn zu überführen.«

»In Ordnung! Fahren wir zum Präsidium.«

Unterwegs zum Justizpalast sprach keiner von uns ein Wort.

Gantvoort beugte sich über das Lenkrad seines Wagens und steuerte ihn mit Höllentempo durch die Straßen. Ich hätte ihm gern ein paar Fragen gestellt, doch wenn er die Geschwindigkeit, mit der er fuhr, beibehalten wollte, ohne uns in irgendwelche Blechknäuel zu verwickeln, durfte ich ihn nicht vom Fahren ablenken, und so hielt ich mich nur fest und blieb still.

Ein halbes Dutzend Zivilfahnder erwartete uns, als wir beim Kommissariat eintrafen. O'Gar – ein dickschädeliger Detektivsergeant, der sich anzieht wie der Dorfwachtmeister in einem Film (breitrandiger schwarzer Hut und so weiter), deswegen aber keinesfalls zu unterschätzen ist – war mit der Aufklärung der Sache betraut. Er und ich hatten früher bereits in zwei oder drei Fällen zusammengearbeitet und waren bestens klargekommen.

Er führte uns in eins der kleinen Amtszimmer hinter dem Versammlungsraum. Ausgebreitet auf einer Schreibtischplatte lagen ein Dutzend oder mehr Gegenstände.

»Ich möchte, daß Sie sich diese Dinge da sorgfältig ansehn«, sagte der Detektivsergeant zu Gantvoort, »und diejenigen raussuchen, die Ihrem Vater gehörten.«

»Aber wo ist er?«

»Machen Sie erstmal das hier«, beharrte O'Gar, »dann können Sie ihn sehn.«

Ich besah mir die Dinge auf dem Tisch, derweil Gantvoort seine Auswahl traf. Ein leerer Schmuckkasten; ein Notizbuch; drei an den Toten adressierte Briefe in geöffneten Umschlägen; einige andere Papiere; ein Schlüsselbund; ein Füllfederhalter; zwei weiße Leinentaschentücher; zwei Pistolenpatronen; eine goldene Taschenuhr mit Gold-und-Platinkette, an der außerdem ein goldenes Taschenmesser und ein goldener Drehbleistift befestigt waren; zwei Brieftaschen aus schwarzem Leder, die eine ganz neu, die andere abgenutzt; etwas Geld, ein paar Scheine und Silber; und eine kleine Reiseschreibmaschine, verbogen und verbeult, an der Blut und Haare klebten. Auch an einigen der anderen Dinge klebte Blut.

Gantvoort nahm die Uhr mit ihren Anhängseln heraus, die Schlüssel, den Füllfederhalter, das Notizbuch, die Taschentücher, die Briefe und die anderen Papiere und die ältere Brieftasche.

»Dies waren Vaters Sachen«, sagte er zu uns. »Das andere da hab ich vorher noch nie gesehn. Ich weiß natürlich nicht, wieviel Geld er heute abend bei sich hatte, also kann ich auch nicht sagen, wieviel davon seins ist.«

»Sie sind sicher, daß nichts von dem übrigen Zeug da ihm gehörte?« fragte O'Gar.

»Ich glaube, nichts, aber sicher bin ich mir da nicht. Whipple könnte Ihnen das sagen.« Er wandte sich mir zu. »Das ist der Mann, der Ihnen heute abend die Tür aufgemacht hat. Er kümmerte sich um Vater und würde genau wissen, ob irgendeins von den andern Dingen da Vater gehört hat oder nicht.«

Einer von den Polizeidetektiven ging ans Telefon, um Whipple zu sagen, er solle unverzüglich herkommen.

Ich setzte meine Befragung fort.

»Fehlt etwas von den Dingen, die Ihr Vater normalerweise bei sich hatte? Irgend etwas von Wert?«

»Nicht daß ich wüßte. Alle Sachen, die man bei ihm vermuten könnte, scheinen hier zu sein.«

»Um wieviel Uhr hat er heute abend das Haus verlassen?«

»Vor halb acht. Vielleicht schon so gegen sieben.«

»Sie wissen, wo er hin wollte?«

»Gesagt hat er's mir nicht, aber ich nahm an, daß er zu Miss Dexter wollte.«

Die Gesichter der Polizeidetektive hellten sich auf, und ihre Augen wurden scharf. Meine, glaube ich, auch. Morde werden sehr, sehr oft verübt, ohne daß auch nur am Rande eine Frau etwas damit zu tun hätte; bei offensichtlichem Totschlag jedoch ist dies nur sehr selten der Fall.

»Wer ist diese Miss Dexter?« nahm O'Gar das Verhör wieder auf.

»Sie ist – nun...« Charles Gantvoort zögerte. »Also, Vater war mit ihr und ihrem Bruder sehr gut befreundet. Im allgemeinen stattete er ihnen – eigentlich wohl mehr ihr – mehrmals in der Woche einen Besuch ab. Ja, ich hatte ihn sogar im Verdacht, daß er vorhatte, sie zu heiraten.«

»Wer und was ist sie?«

»Vater hat die beiden vor sechs oder sieben Monaten kennengelernt. Ich bin ein paarmal mit ihnen zusammengekommen, weiß aber nicht sehr viel von ihnen. Miss Dexter – Creda ist ihr

Vorname – ist vielleicht so dreiundzwanzig Jahre alt, würd ich sagen, und ihr Bruder ist vier oder fünf Jahre älter. Momentan ist er in New York oder unterwegs dorthin, um für Vater irgend etwas Geschäftliches zu erledigen.«

»Hat Ihr Vater Ihnen gesagt, daß er sie heiraten wollte?« schmiedete O'Gar weiter an dem Haken, der durch die Frau gegeben war.

»Nein; aber es war nicht zu übersehen, daß er ganz schön – hm – daß sie ihm ganz schön den Kopf verdreht hatte. Vor ein paar Tagen – vorige Woche sind wir deswegen ein bißchen aneinandergeraten. Wir haben uns nicht gerade gestritten, verstehn Sie, nur ein kleiner Wortwechsel. Aber nach dem, was er sagte, mußte ich fürchten, daß er tatsächlich vorhatte, sie zu heiraten.«

»Wieso mußten Sie das ›fürchten‹?« nahm O'Gar ihn beim Wort.

Charles Gantvoorts blasses Gesicht rötete sich ein wenig, und verlegen räusperte er sich.

»Ich möchte die Dexters vor Ihnen nicht in ein schlechtes Licht rücken. Ich glaube nicht – ich bin sicher, daß sie nichts mit Vater – mit dieser Sache zu tun haben. Aber ich hab mich nicht besonders um sie bemüht – ich mochte sie nicht. Ich hielt sie – na ja – für Erbschleicher vielleicht. Vater war nicht sagenhaft reich, hatte aber doch ein ganz ansehnliches Vermögen. Und wenn er auch noch nicht gebrechlich war, so war er immerhin schon über siebenundfünfzig; alt genug, um bei mir das Gefühl aufkommen zu lassen, daß Creda Dexter sich mehr für sein Geld als für ihn interessierte.«

»Was ist denn mit dem Testament Ihres Vaters?«

»Nach dem letzten, von dem ich weiß – es ist vor zwei oder drei Jahren aufgesetzt worden –, hat er alles meiner Frau und mir vermacht, gemeinsam. Vaters Anwalt, Mr. Murray Abernathy, könnte Ihnen sagen, ob es noch ein späteres Testament gibt, aber das glaub ich kaum.«

»Ihr Vater hatte sich aus dem Geschäftsleben zurückgezogen, nicht wahr?«

»Ja; vor ungefähr einem Jahr hat er sein Import-Export-Unternehmen mir in die Hände gegeben. Hier und da pflegte er wohl noch allerlei Geschäftsverbindungen, investierte auch noch, aber mit der Leitung hatte er aktiv eigentlich nicht mehr viel zu tun.«

O'Gar schob seinen Dorfwachtmeisterhut zurück und kratzte sich einen Moment nachdenklich seinen Dickschädel. Dann sah er mich an.

»Haben Sie noch irgendwelche Fragen?«

»Ja. Mr. Gantvoort, wissen Sie oder haben Sie mal gehört, daß Ihr Vater oder sonst jemand von einem Emil Bonfils sprach?«

»Nein.«

»Hat Ihr Vater Ihnen je davon erzählt, daß er einen Drohbrief erhalten hat? Oder daß auf der Straße auf ihn geschossen wurde?«

»Nein.«

»Ist Ihr Vater im Jahre 1902 in Paris gewesen?«

»Sehr wahrscheinlich. Bis zu dem Zeitpunkt, wo er sich vom Geschäft zurückzog, ist er jedes Jahr im Ausland gewesen.«

Gantvoort wollte seinen Vater noch einmal sehen, und so brachten O'Gar und ich ihn zur Leichenhalle. Der Tote war kein schöner Anblick, selbst für O'Gar und mich nicht, die wir ihn, außer vom Sehen, nicht gekannt hatten. In meiner Erinnerung war er ein kleiner, drahtiger Mann, immer in gutsitzenden Maßanzügen und mit einer für sein Alter erstaunlich jugendlichen Elastizität.

Jetzt lag er da, die Schädeldecke zu einem roten Brei geschlagen.

Wir ließen Gantvoort im Leichenschauhaus allein und machten uns zu Fuß auf den Rückweg zum Justizpalast.

»Was sind das für dunkle Andeutungen, die Sie da über einen Emil Bonfils und Paris im Jahr 1902 gemacht haben?« fragte der Detektivsergeant, sobald wir draußen auf der Straße waren.

»Ganz einfach: Der Tote rief heute nachmittag unsere Agentur an und sagte, er habe einen Drohbrief von einem Emil Bonfils bekommen, mit dem er 1902 in Paris Ärger gehabt habe. Außerdem hat er gesagt, daß Bonfils gestern abend auf ihn geschossen habe, auf der Straße. Er wollte, daß heute abend jemand bei ihm vorbeikommt wegen dieser Sache; und daß auf keinen Fall die Polizei eingeschaltet wird – lieber wollte er sich von Bonfils kriegen lassen, als diese häßliche Geschichte publik zu machen. Mehr wollte er am Telefon nicht sagen. Und das ist der Grund, warum ich dabei war, als Charles Gantvoort vom Tod seines Vaters verständigt wurde.«

O'Gar blieb auf dem Bürgersteig stehen und gab einen leisen Pfiff von sich.

»Das ist ja 'n Ding!« rief er aus. »Na, warten Sie, bis wir zurück sind im Präsidium – da werd ich Ihnen was zeigen.«

Whipple wartete im Versammlungsraum, als wir im Hauptquartier eintrafen. Auf den ersten Blick war sein Gesicht so glatt und maskengleich wie etwas früher am Abend, als er mich in das Haus auf dem Russian Hill eingelassen hatte. Doch hinter seiner perfekten Hausdienerhaltung war er am Schlottern und Beben.

Wir führten ihn in das kleine Amtszimmer, in dem wir Charles Gantvoort verhört hatten.

Whipple bestätigte alles, was der Sohn des Toten uns erzählt hatte. Er wußte mit Sicherheit, daß weder die Schreibmaschine noch der Schmuckkasten, noch die zwei Patronen, noch die neuere Brieftasche Gantvoort gehört hatten.

Wir konnten ihn nicht dazu bringen, seine Meinung von den Dexters in Worte zu fassen, doch daß er sie ablehnte, war leicht zu sehen. Miss Dexter, sagte er, habe heute abend dreimal angerufen, einmal gegen acht, dann um neun, und um halb zehn. Jedesmal habe sie Mr. Leopold Gantvoort verlangt, jedoch keine Nachricht hinterlassen. Whipple meinte, sie habe Gantvoort erwartet, und er sei nicht angekommen.

Von Emil Bonfils oder irgendwelchen Drohbriefen wisse er nichts, sagte er. In der vergangenen Nacht sei Gantvoort von acht bis Mitternacht fortgewesen. Als er nach Hause kam, hatte

Whipple ihn nicht genau genug angeschaut, um sagen zu können, ob er erregt gewirkt habe oder nicht. In der Regel habe Gantvoort immer etwa hundert Dollar bei sich gehabt.

»Würden Sie sagen, daß von den Dingen, die Gantvoort heute abend bei sich hatte, irgendwas auf dem Tisch da fehlt?« fragte O'Gar.

»Nein, Sir. Alles scheint da zu sein – Uhr und Kette, Geld, Notizbuch, Brieftasche, Schlüssel, Taschentücher, Füllfederhalter – das ist alles, soweit ich weiß.«

»Ist Charles Gantvoort heute abend weggewesen?«

»Nein, Sir. Er und Mrs. Gantvoort waren den ganzen Abend zu Hause.«

»Bestimmt?«

Whipple überlegte einen Moment.

»Ja, Sir, da bin ich ziemlich sicher. Mrs. Gantvoort war jedenfalls nicht weg, das weiß ich genau. Um die Wahrheit zu sagen, Mr. Charles hab ich eine Zeitlang nicht gesehn; und zwar zwischen ungefähr acht und elf Uhr, als er mit diesem Herrn« – er deutete auf mich – »die Treppe herunterkam. Aber ich bin ziemlich sicher, daß er den ganzen Abend zu Hause war. Mrs. Gantvoort hat das gesagt, glaub ich.«

Dann stellte O'Gar eine weitere Frage – eine, die mich damals verwunderte.

»Was für Kragenknöpfe hatte Mr. Gantvoort in seinem Hemd?«

»Sie meinen Mr. Leopold?«

»Ja.«

»Einfache goldene, aus einem Stück gearbeitet. Sie hatten das Markenzeichen eines Londoner Goldschmieds.«

»Würden Sie sie erkennen, wenn Sie sie wiedersähen?«

»Ja, Sir.«

Wir ließen Whipple dann heimfahren.

»Finden Sie nicht«, schlug ich vor, als ich allein war mit O'Gar und diesem Tisch voller Indizien, die für mich noch ohne jede Bedeutung waren, »daß es Zeit wird, die Katze aus dem Sack zu lassen und mir zu erzählen, was eigentlich die Sache ist?«

»Ich denke schon – also hören Sie! Ein Mann namens Lagerquist, er hat ein kleines Lebensmittelgeschäft, ist heute abend durch den Golden Gate Park gefahren und an einem Auto vorbeigekommen, das mit ausgeschaltetem Licht auf einem dunklen Nebenweg stand. Die Art, wie der Mann darin am Steuer saß, ist ihm irgendwie komisch vorgekommen, und so hat er das dem ersten Streifenbeamten erzählt, den er traf. Der Beamte ist der Sache nachgegangen und hat Gantvoort hinter dem Steuer vorgefunden; tot. Der Schädel war ihm eingeschlagen, und dieses Dingsda« – er legte eine Hand auf die blutverschmierte Schreibmaschine – »lag auf dem Sitz neben ihm. Das war um viertel zehn. Der Arzt sagt, Gantvoort sei mit dieser Schreibmaschine umgebracht worden – Schädeldecke zertrümmert. Sämtliche Taschen des Toten waren, wie wir feststellten, umgestülpt worden; und der ganze Kram da auf dem Tisch, mit Ausnahme dieser neuen Brieftasche, lag verstreut im Wagen herum – teils auf dem Boden, teils auf den Sitzen. Das Geld da ebenfalls – nicht ganz hundert Dollar. Unter den Papieren war dies.«

Er gab mir ein Blatt weißes Papier, auf das mit Maschine folgendes getippt worden war:

L. F. G. –

Ich will haben, was mir zusteht. 6000 Meilen und 21 Jahre reichen nicht aus, um Sie vor dem Opfer Ihres Verrats zu verbergen. Geben Sie heraus, was Sie gestohlen haben. *E. B.*

»L. F. G. könnte Leopold F. Gantvoort sein«, sagte ich. »Und E. B. könnte Emil Bonfils sein. Einundzwanzig Jahre, das ist die Zeit von 1902 bis 1923. Und 6000 Meilen, das ist, grob gerechnet, die Entfernung zwischen Paris und San Franzisko.«

Ich legte den Brief hin und nahm den Schmuckkasten vom Tisch. Er war aus schwarzem Kunstleder, innen mit weißem

Satin ausgeschlagen, und wies keinerlei Firmenprägung oder sonstige Markierung auf.

Dann untersuchte ich die Patronen; zwei an der Zahl, S. W. Kaliber 45, und in die weichen Nasen war je ein tiefes Kreuz geschnitten – ein alter Trick, durch den das Projektil, wenn es auftrifft, sich plattdrückt wie eine Untertasse.

»Waren die auch in dem Auto?«

»Ja. Und das hier.«

Aus einer Westentasche holte O'Gar ein Büschel kurzer blonder Haare – etwa fünf Zentimeter lang die kürzesten, zehn die längsten. Sie waren abgeschnitten, nicht mit den Wurzeln herausgerissen worden.

»Sonst noch was?«

Die Indizien schienen kein Ende zu nehmen.

Er nahm die neue Brieftasche vom Tisch – diejenige, die nach Aussagen von Whipple und Charles Gantvoort nicht dem Toten gehört hatte – und schubste sie mir hin.

»Die wurde auf dem Seitenweg gefunden, drei oder vier Fuß von dem Wagen entfernt.«

Sie war von billiger Qualität und wies weder den Namen des Herstellers noch die Initialen des Besitzers auf. Sie enthielt zwei Zehndollarscheine, drei kleine Zeitungsausschnitte und eine mit Schreibmaschine geschriebene Liste mit sechs Namen und Adressen, zuoberst Gantvoorts Adresse.

Die drei Zeitungsausschnitte waren offenbar aus den Spalten für Persönliches dreier verschiedener Zeitungen – die Schrifttypen waren nicht identisch –, und folgendes wurde auf ihnen mitgeteilt:

GEORGE – Alles klar. Warte nicht zu lange.
D. D. D.

R. H. T. – Man antwortet nicht. *FLO*

CAPPY – Punkt zwölf und Augen auf. *BINGO*

Die Namen und Adressen auf der getippten Liste – unter Gantvoorts Adresse – waren:

Quincey Heathcote, 1223 S. Jason Street, Denver; B.D. Thornton, 96 Hughes Circle, Dallas; Luther G. Randall, 615 Columbia Street, Portsmouth; J. H. Boyd Willis, 5444 Harvard Street, Boston; Hannah Hindmarsh, 218 E. 79th Street, Cleveland.

»Was noch?« fragte ich, als ich das studiert hatte.

Der Vorrat des Detektivsergeanten war noch nicht erschöpft.

»Die Kragenknöpfe des Toten sind herausgenommen worden, und zwar vorne wie hinten; dabei hatte er aber Kragen und Schlips noch um. Und sein linker Schuh war weg. Wir haben die ganze Gegend abgesucht, aber weder Schuh noch Kragenknöpfe gefunden.«

»Ist das alles?«

Mich konnte jetzt nichts mehr überraschen.

»Was zum Henker wollen Sie denn noch?« knurrte er. »Ist das denn nicht genug?«

»Was ist mit Fingerabdrücken?«

»Nichts Aufregendes! Was wir gefunden haben, waren Abdrücke des Toten.«

»Und was ist mit dem Wagen, in dem er gefunden wurde?«

»Ein Coupé, das einem Dr. Wallace Girargo gehört. Er hat um sechs heute abend angerufen und gesagt, der Wagen sei ihm unweit Ecke McAllister und Polk Street gestohlen worden. Wir sind noch dabei, den Mann durchzuprüfen, aber ich glaube, der ist rein.«

Die Dinge, die nach übereinstimmenden Aussagen von Whipple und Charles Gantvoort dem Toten gehört hatten, verrieten uns nichts. Wir nahmen sie noch einmal sorgfältig in Augenschein, doch das brachte uns nicht weiter. Das Notizbuch enthielt eine Menge Eintragungen, doch nicht eine einzige schien auch nur entfernt mit dem Mord etwas zu tun zu haben. Die Briefe waren ebenso wenig aufschlußreich.

Die Seriennummer der Schreibmaschine, mit der der Mord ausgeführt worden war, war, wie wir feststellten, vom Rahmen entfernt worden – wahrscheinlich mit einer Feile.

»Tja, was meinen Sie?« fragte O'Gar, als wir die Untersuchung unserer Indizien aufgegeben hatten und uns Tabak qualmend zurücklehnten.

»Ich meine, wir sollten Monsieur Emil Bonfils ausfindig machen.«

»Könnte nicht schaden«, brummte er. »Ich würde sagen, am besten fahren wir, wenn wir uns mal um diese fünf Leute auf der Liste kümmern, die von Gantvoort angeführt wird. Angenommen, das ist eine Liste künftiger Mordopfer? Angenommen, dieser Bonfils ist unterwegs, um die alle kaltzumachen?«

»Möglich. Wir werden sie jedenfalls ausfindig machen. Vielleicht werden wir feststellen, daß einige von ihnen bereits umgebracht worden sind. Aber ob sie nun umgebracht worden sind oder umgebracht werden sollen oder nicht, fest steht jedenfalls, daß sie irgendwas mit dieser Sache zu tun haben. Ich werde ein paar Telegramme an die Filialen der Agentur loslassen, damit sie sich mal drum kümmern, was es mit den Namen auf der Liste auf sich hat. Und wo die drei Zeitungsausschnitte herstammen, werd ich auch feststellen lassen; wenigstens können wir's versuchen.«

O'Gar blickte auf seine Uhr und gähnte.

»Es ist vier durch. Wie wär's, wenn wir erst mal abhaun und ein bißchen schlafen? Ich lasse eine Nachricht hier, damit unser Experte morgen gleich feststellt, ob dieser mit E. B. unterzeichnete Brief und die Liste auf der Maschine da geschrieben worden sind. Ich schätze, ja, aber wir müssen uns da vergewissern. Und sobald es hell genug ist, um was zu sehen, soll die Parkgegend, wo Gantvoort gefunden wurde, nochmal abgesucht werden. Vielleicht finden wir ja den fehlenden Schuh und die Kragenknöpfe. Und zwei Jungens werd ich dransetzen, die sämtliche

Schreibmaschinenläden der Stadt anrufen; kann ja sein, daß wir was über unsere hier erfahren.«

Ich machte beim nächsten Telegraphenamt halt und schickte einen Stapel Telegramme in die Welt. Dann fuhr ich nach Hause und träumte etwas, was auch nicht im entferntesten mit Verbrechen oder mit Aufdeckung von Verbrechen zusammenhing.

Als ich mit fünf Stunden Schlaf unterm Hut am nächsten Vormittag um elf frisch und munter bei der Mordkommission eintraf, hing O'Gar vornübergebeugt an seinem Schreibtisch, ratlos auf einen schwarzen Schuh starrend, auf ein halbes Dutzend Kragenknöpfe, einen rostigen flachen Schlüssel und auf eine krumpelige Zeitung – all das lag aufgereiht vor ihm.

»Was ist das denn da alles? Andenken an Ihre Hochzeit?«

»Könnte man meinen, ja.« Es klang sehr angewidert. »Hören Sie sich das an: Einer von den Dienstmännern der Seamen's National Bank hat heute morgen, als er anfing sauberzumachen, in der Vorhalle ein Paket gefunden. Es war dieser Schuh da – Gantvoorts fehlender –, diese Kragenknöpfe und dieser alte Schlüssel, alles eingewickelt in das Zeitungsblatt eines fünf Tage alten *Philadelphia Record.* Der Absatz des Schuhs ist, wie Sie sehn, irgendwie abgestemmt worden und fehlt noch immer. Whipple hat den Schuh identifiziert, zwei von den Kragenknöpfen ebenfalls, aber den Schlüssel hat er noch nie gesehn. Die andern vier Kragenknöpfe da sind neu und gewöhnliche vergoldete. Der Schlüssel sieht nicht so aus, als wär er in letzter Zeit viel benutzt worden. Können Sie sich das irgendwie erklären?«

Ich konnte nicht.

»Wieso hat der Dienstmann das Zeug überhaupt hierhergebracht?«

»Oh, die ganze Geschichte hat in den Morgenzeitungen gestanden, alles über den fehlenden Schuh und die Kragenknöpfe und so weiter.«

»Was haben Sie über die Schreibmaschine rausgekriegt?« fragte ich.

»Wie vermutet, der Brief und die Liste sind damit geschrieben worden; aber wo sie herstammt, konnten wir noch nicht feststellen. Wir haben dem Doktor, dem das Coupé gehört, auf den Zahn gefühlt, und der ist raus aus der Sache. Es war nachprüfbar, was er gestern abend gemacht hat. Lagerquist, der Lebensmittelhändler, der Gantvoort gefunden hat, scheint ebenfalls 'ne reine Weste zu haben. Und was haben Sie gemacht?«

»Nun, Antworten auf die Telegramme, die ich gestern nacht aufgab, sind noch nicht da. Auf dem Weg hierher hab ich heute morgen in die Agentur reingeschaut und vier Detektive für die Hotels freigekriegt. Sie versuchen alle Leute aufzustöbern, die Bonfils heißen – im Adreßbuch stehen zwei oder drei Familien dieses Namens. Dann hab ich unserer New Yorker Filiale telegraphiert – sie sollen die Passagierlisten der Dampfer nachprüfen lassen, um festzustellen, ob in letzter Zeit ein Emil Bonfils angekommen ist. Und unser Mann in Paris hat ein Kabel gekriegt – mal sehn, ob der da drüben irgendwas ausgraben kann.«

»Ich finde, bevor wir weitere Schritte unternehmen, sollten wir Gantvoorts Anwalt – Abernathy – aufsuchen; und diese Dexter«, sagte der Detektivsergeant.

»Find ich auch«, stimmte ich ihm zu. »Nehmen wir uns erst mal den Anwalt vor. Der ist am wichtigsten, wie die Dinge jetzt liegen.«

Murray Abernathy, Rechtsanwalt und Notar, war ein langer, sehniger, langsam sprechender alter Herr, der noch immer an gestärkter Hemdbrust festhielt. Er war so erfüllt von dem, was er für Berufsethos hielt, daß er uns längst nicht so nützlich war, wie wir gedacht hatten. Aber indem wir ihn reden ließen, ohne seine Weitschweifigkeiten zu unterbrechen, erfuhren wir doch so einiges von ihm. Was an Information für uns brauchbar war, lief auf folgendes hinaus:

Der Tote und Creda Dexter hatten vorgehabt, am kommenden Mittwoch zu heiraten. Sein Sohn und ihr Bruder hatten anscheinend beide etwas gegen die Heirat, und so hatten Gantvoort und die Frau geplant, heimlich in Oakland zu heiraten und noch am selben Nachmittag ein Schiff in Richtung Orient zu nehmen. Sie hatten sich gedacht, daß, wenn sie nach ausgedehnten Flitterwochen zurückkehrten, Sohn und Bruder sich mit der Ehe abgefunden hätten.

Ein neues Testament war aufgesetzt worden, demzufolge die eine Hälfte von Gantvoorts Vermögen an seine neue Frau, die andere Hälfte an seinen Sohn und dessen Frau fallen sollte. Aber das neue Testament war noch nicht unterschrieben worden, und Creda Dexter wußte das. Sie wußte – und dies war einer der wenigen Punkte, zu dem Abernathy sich definitiv äußern wollte –, daß nach dem alten Testament, das immer noch in Kraft war, alles an Charles Gantvoort und dessen Frau fiel.

Das Vermögen Gantvoorts belief sich, wie wir nach Abernathys unbestimmten Angaben und Andeutungen schätzten, auf rund anderthalb Millionen in Barwert. Von einem Emil Bonfils und irgendwelchen Drohungen oder gegen den Toten gerichteten Mordversuchen hatte der Anwalt, wie er sagte, nie etwas gehört. Er wußte nichts – oder wollte uns nichts erzählen –, was auf die Natur der Sache, die gestohlen zu haben der Tote in dem Drohbrief beschuldigt wurde, irgendein Licht geworfen hätte.

Von Abernathys Büro fuhren wir zu Creda Dexters Apartment in einem neuen und hocheleganten Haus, das vom Wohnsitz der Gantvoorts zu Fuß in wenigen Minuten zu erreichen war.

Creda Dexter war eine kleine Frau Anfang zwanzig. Das erste, was man an ihr bemerkte, waren die Augen. Sie waren groß und tief und bernsteinfarben, und keinen Augenblick kamen die Pupillen zur Ruhe. Dauernd veränderten sie die Größe, weiteten und verengten sich – manchmal langsam, dann wieder plötzlich –, unablässig variierend zwischen Stecknadelkopfgröße und einem Ausmaß, das die Bernsteine der Iris auszulöschen drohte.

Ausgehend von den Augen entdeckte man bald, daß sie im ganzen etwas ausgesprochen Katzenhaftes hatte. Jede ihrer Bewegungen war langsam, geschmeidig und sicher. Und die Züge ihres recht hübschen Gesichts, die Form des Mundes, die kleine Nase, der Schwung der Brauen – alles erinnerte an eine Katze. Verstärkt wurde dieser Eindruck durch die Art, wie sie ihr Haar trug, das dicht war und lohfarben.

»Mr. Gantvoort und ich«, erzählte sie uns, nachdem die einleitenden Erklärungen abgegeben worden waren, »hatten eigentlich vor, übermorgen zu heiraten. Sein Sohn und seine Schwiegertochter sind gegen diese Ehe gewesen; mein Bruder Madden übrigens auch. Anscheinend waren sie alle der Meinung, der Altersunterschied zwischen uns sei zu groß. Um Unannehmlichkeiten zu vermeiden, wollten wir in aller Stille heiraten und dann für ein Jahr oder mehr ins Ausland gehn, denn wir waren uns ziemlich sicher, wenn wir dann zurückkämen, würden sie alle miteinander ihren Groll vergessen haben. Das war auch der Grund, warum Mr. Gantvoort Madden überredet hat, nach New York zu fahren. Es gab da was Geschäftliches zu erledigen – ich glaube, er wollte seine Beteiligung an einem Stahlwerk annullieren –, und das hat er als Vorwand benutzt, um Madden erst mal aus dem Weg zu kriegen, bis wir unsere Hochzeitsreise angetreten hätten. Madden wohnte hier bei mir, und es wäre mir so gut wie unmöglich gewesen, irgendwelche Reisevorbereitungen zu treffen, ohne daß er etwas davon bemerkt hätte.«

»War Mr. Gantvoort gestern abend hier?« fragte ich sie.

»Nein, ich erwartete ihn – wir wollten ausgehn. Meistens kam er zu Fuß rüber – es sind ja nur ein paar Blocks. Als es acht wurde und er immer noch nicht da war, rief ich bei ihm zu Hause an, und da sagte mir Whipple, daß er schon seit fast einer Stunde weg sei. Danach rief ich nochmal an, zweimal sogar. Dann, heute morgen – die Zeitungen hatte ich noch nicht gelesen –, rief ich wieder an, und da hörte ich, daß er ...«

Sie brach ab mit einem Stocken in der Stimme, dem einzigen Zeichen der Trauer, das sie während des ganzen Gesprächs zeigte. Nach dem, was Charles Gantvoort und Whipple uns von ihr erzählt hatten, waren wir bei ihr auf ein mehr oder weniger gekonntes Zurschaustellen tiefen Schmerzes gefaßt gewesen. Aber sie enttäuschte uns. Nichts war plump an der Art, wie sie sich gab, nicht einmal die Tränendrüsen aktivierte sie unseretwegen.

»War Mr. Gantvoort vorgestern abend hier?«

»Ja. Kurz nach acht kam er rüber und blieb bis kurz vor zwölf. Wir sind nicht ausgewesen.«

»Ist er zu Fuß hergekommen und wieder zurückgegangen?«

»Soweit ich weiß, ja.«

»Hat er Ihnen je davon erzählt, daß sein Leben bedroht worden ist?«

»Nein.«

Entschieden schüttelte sie den Kopf.

»Kennen Sie Emil Bonfils?«

»Nein.«

»Hat Mr. Gantvoort in Ihrer Gegenwart mal von ihm gesprochen?«

»Nein.«

»In welchem Hotel ist Ihr Bruder in New York abgestiegen?«

Die rastlosen schwarzen Pupillen weiteten sich abrupt, als wollten sie in das Weiß der Augen übergreifen. Das war das einzige deutliche Zeichen von Angst, das ich bei ihr gesehen hatte. Wären diese verräterischen Pupillen nicht gewesen, hätte nichts in ihrer Haltung von Unruhe gezeugt.

»Das weiß ich nicht.«

»Wann ist er aus San Franzisko abgeflogen – oder gefahren?«

»Donnerstag – vor vier Tagen.«

Als wir Creda Dexters Apartment verlassen hatten, gingen O'Gar und ich erst einmal sechs oder sieben Blocks in nachdenklichem Schweigen, bevor wir sprachen.

»Ein glattes Kätzchen, diese Dame! Richtig gestreichelt, und sie schnurrt wohlig; falsch gestreichelt, und – aufgepaßt vor den Krallen!«

»Was hat Ihnen das Aufblitzen der Augen gesagt, als ich sie nach ihrem Bruder fragte?« wollte ich wissen.

»Etwas schon – aber ich weiß nicht, was! Es wär kein Fehler, wenn wir feststellten, ob er wirklich in New York ist. Wenn er nämlich heute dort ist, kann er unmöglich gestern abend hier gewesen sein. Selbst die Postmaschinen brauchen sechsundzwanzig bis achtundzwanzig Stunden für die Strecke.«

»Das werden wir tun«, pflichtete ich ihm bei. »Es sieht mir nicht danach aus, als wär diese Creda Dexter fest davon überzeugt, daß ihr Bruder nichts mit dem Mord zu schaffen hat. Und nichts spricht dafür, daß Bonfils keinen Helfer gehabt hat. Allerdings kann ich mir nicht vorstellen, daß Creda da drinsteckt. Sie hat gewußt, daß das neue Testament noch nicht unterschrieben war. Es wär ja unsinnig, sich selber um diese Dreiviertelmillion Scheinchen zu bringen.«

Wir schickten ein längeres Telegramm an die New Yorker Filiale von Continental's und schauten dann bei der Agentur herein, um nachzusehen, ob irgendwelche Antworten auf die Telegramme eingetroffen wären, die ich in der vergangenen Nacht aufgegeben hatte.

Und es waren welche eingetroffen.

Nicht einer von den Leuten, deren Namen zusammen mit Gantvoorts Namen auf der getippten Liste aufgeführt waren, war gefunden worden; von keinem auch nur die geringste Spur. Zwei von den angegebenen Adressen waren Hirngespinste. Auf diesen Straßen gab es keine Häuser mit diesen Nummern – und hatte es auch nie gegeben.

Was vom Nachmittag noch blieb, verbrachten O'Gar und ich damit, daß wir die Wege abklapperten, die zwischen dem Wohnsitz der Gantvoorts auf dem Russian Hill und dem Haus lagen, in dem die Dexters wohnten. Wir fragten jeden aus, den wir finden konnten, Mann wie Frau oder Kind; jeden, der an den drei Straßen, die der Tote genommen haben konnte, wohnte, arbeitete oder spielte.

Wir fanden niemanden, der den Schuß gehört hatte, der in der Nacht vor dem Mord von Bonfils abgefeuert worden war. Wir fanden niemanden, der in der Mordnacht etwas Verdächtiges gesehen hatte. Niemanden, der sich erinnerte gesehen zu haben, daß Gantvoort von einem Coupé aufgelesen worden war.

Dann statteten wir dem Haus der Gantvoorts einen Besuch ab, vernahmen Charles Gantvoort noch einmal, seine Frau und das gesamte Dienstpersonal – und erfuhren nichts. Soweit sie wußten, fehlte nichts, was dem Toten gehört hatte; nichts, was so klein war, daß man es in einem Schuhabsatz hätte verstecken können.

Die Schuhe, die er in der Nacht, in der er getötet worden war, getragen hatte, waren eines von den drei Paaren, die vor zwei Monaten in New York für ihn angefertigt worden waren. Es war möglich, daß er den Absatz des linken Schuhs abmontiert, ihn soweit ausgehöhlt hatte, daß man einen kleinen Gegenstand darin verstecken konnte, und ihn dann wieder drangenagelt hatte. Whipple wies allerdings nachdrücklich darauf hin, daß er jede Spur irgendeiner Manipulation an dem Schuh bemerkt haben würde, es sei denn, sie wäre von einem geschickten Schuster vorgenommen worden.

Nachdem dieses Feld abgegrast war, kehrten wir zurück zur Agentur. Gerade war von der New Yorker Filiale ein Telegramm gekommen, in dem es hieß, daß keine der Schiffahrtsgesellschaften die Ankunft eines Emil Bonfils aus England, Frankreich oder Deutschland während der letzten sechs Monate in ihren Listen verzeichnet habe.

Die Detektive, die die Stadt nach Bonfils abgesucht hatten, waren alle mit leeren Händen zurückgekehrt. Sie hatten in San Franzisko, Oakland und Alameda elf Personen ausfindig gemacht und vernommen. Ihre Nachforschungen hatten eindeutig ergeben, daß alle elf mit der Sache nichts zu tun hatten. Keiner von diesen Bonfils kannte einen Emil Bonfils. Auch das Durchsehen der Hotellisten hatte nichts ergeben.

O'Gar und ich gingen zusammen essen – eine schweigsame, brummige Mahlzeit, während der keiner von uns mehr als sechs Worte sagte – und kehrten dann wieder zur Agentur zurück, wo inzwischen ein weiteres Kabel aus New York eingetroffen war.

Madden Dexter heute morgen im McAlpin Hotel abgestiegen. Hat Verhandlungsvollmacht für Verkauf von Gantvoort-Anteilen an der B. F. & F. Iron Corporation. Verneint, Emil Bonfils zu kennen oder von Mord zu wissen. Hat vor, Geschäftliches morgen zu erledigen und dann gleich nach San Franzisko zurückzukehren.

Ich ließ das Stück Papier, auf dem ich das Telegramm entschlüsselt hatte, aus den Fingern gleiten, und abgestumpft saßen wir uns gegenüber, blickten uns über meinen Schreibtisch hinweg ausdruckslos an und horchten auf das Geklapper, das im Korridor die Putzfrauen mit ihren Eimern machten.

»Es ist ein Witz«, sagte O'Gar schließlich zu sich selber.

Ich nickte. Es war in der Tat reichlich komisch.

»Wir haben jetzt neun Hinweise«, sagte er weiter, »und keiner davon hat uns auch nur ein Fitzelchen weitergebracht. Nummer eins: Der Tote hat euch hier angerufen und euch erzählt, ein Emil Bonfils, mit dem er vor langer Zeit in Paris aneinandergeraten sei, habe ihn bedroht und auf ihn geschossen. Nummer zwei: Die Schreibmaschine, mit der er getötet wurde und auf der die Liste und der Brief geschrieben wurden. Wir versuchen noch rauszukriegen, wo die herkommt, bis jetzt ohne Ergebnis. Und überhaupt – wie kann man sowas als Waffe benutzen? Sieht aus, als hätte dieser Bonfils die Wut gekriegt und Gantvoort mit dem erstbesten Gegenstand erschlagen, den er zur Hand hatte. Aber was sollte die Schreibmaschine in einem gestohlenen Auto? Und warum war die Seriennummer weggefeilt?«

Ich schüttelte den Kopf, um anzudeuten, daß ich keine Antwort wußte, und O'Gar fuhr fort, unsere Hinweise aufzuzählen.

»Nummer drei: Der Drohbrief, der bestätigt, was Gantvoort an dem Nachmittag gesagt hatte. Nummer vier: Diese zwei Patronen mit dem Kreuz in der Schnauze. Nummer fünf: Das Schmuckkästchen. Nummer sechs: Dieses Büschel blonder

Haare. Nummer sieben: Die Tatsache, daß dem Toten ein Schuh und die Kragenknöpfe abgenommen wurden. Nummer acht: Die auf dem Weg gefundene Brieftasche mit zwei Zehndollarscheinen, drei Zeitungsausschnitten und der Liste. Nummer neun: Daß der Schuh zusammen mit den fehlenden Kragenknöpfen, vier anderen Kragenknöpfen und einem rostigen Schlüssel gefunden wird, eingewickelt in eine fünf Tage alte Zeitung aus Philadelphia. Das wäre der Katalog. Wenn diese Dinge überhaupt was zu bedeuten haben, dann doch wohl dies: Emil Bonfils, wer immer das auch ist, ist 1902 in Paris von Gantvoort um irgendwas betrogen worden und ist gekommen, um sich das zurückzuholen. Er hat Gantvoort gestern abend in einem gestohlenen Wagen mitgenommen und hatte seine Schreibmaschine dabei – Gott weiß, warum! Gantvoort hat Streit angefangen, Bonfils hat ihm die Rübe mit der Schreibmaschine eingeschlagen, ihm dann die Taschen durchsucht, anscheinend ohne ihm was wegzunehmen. Er kam zu dem Schluß, daß das Gesuchte in Gantvoorts linkem Schuh sein müsse, und so hat er den Schuh mitgenommen. Und dann – aber was sollte der Quatsch mit den Kragenknöpfen oder mit der falschen Liste oder ...«

»Aber nein, das ist kein Quatsch!« warf ich ein, mich aufsetzend und ganz wach jetzt. »Das ist unser zehnter Hinweis – der rote Faden, dem wir von jetzt ab folgen werden. Diese Liste war, abgesehn von Gantvoorts Namen und Adresse, falsch. Beruhte sie auf Wahrheit, hätten unsere Jungens zumindest eine der fünf aufgeführten Personen ausfindig gemacht. Aber von keiner haben sie auch nur die geringste Spur gefunden. Und zwei von den Adressen waren Hausnummern, die es gar nicht gibt! Diese Liste ist also ein Phantasieprodukt. Zusammen mit den Zeitungsausschnitten und den zwanzig Dollar ist sie in die Brieftasche gesteckt worden – um das Spiel echter erscheinen zu lassen –, und die hat man dann in der Nähe des Wagens auf den Weg geworfen, um uns irrezuführen. Und wenn das so ist, dann sind die übrigen Sachen hundert zu eins ebenfalls ein Täuschungsmanöver. Von jetzt an betrachte ich alle diese neun hübschen Hinweise als taube

Nüsse. Als Fingerzeig sind sie völlig unbrauchbar, und ich werde genau in die entgegengesetzte Richtung gehn. Ich werde einen Mann suchen, der nicht Emil Bonfils heißt und dessen Initialen weder E noch B sind; der nicht Franzose ist und der 1902 nicht in Paris war; einen Mann, der kein helles Haar hat, keine 45er Pistole und kein Interesse an persönlichen Mitteilungen in Zeitungen; einen Mann, der Gantvoort nicht getötet hat, um an irgend etwas heranzukommen, was möglicherweise in einem Schuhabsatz oder an einem Kragenknopf versteckt gewesen ist. So sieht der Bursche aus, hinter dem ich jetzt her bin!«

Der Detektivsergeant blickte mit seinen kleinen grünen Augen langsam zu mir auf und kratzte sich nachdenklich den Kopf.

»Vielleicht gar nicht so dumm!« sagte er. »Sie könnten da durchaus richtig liegen. Nehmen wir das mal an – wie geht's dann weiter? Dieses Dexter-Kätzchen ist es nicht gewesen – es hätte sie 'ne Dreiviertelmillion gekostet. Ihr Bruder ist es nicht gewesen – der ist in New York. Und außerdem murkst man ja keinen ab, bloß weil man der Meinung ist, er sei zu alt, um die Schwester zu heiraten. Charles Gantvoort? Er und seine Frau sind die einzigen, für die finanziell was dabei rausgesprungen ist, daß der alte Herr gestorben ist, bevor das neue Testament unterschrieben war. Dafür, daß Charles an jenem Abend zu Hause war, sprechen nur ihre Aussagen. Das Dienstpersonal hat ihn zwischen acht und elf nicht gesehn. Sie waren da und haben ihn nicht vor elf gesehn. Aber beide glauben wir ihm, wenn er sagt, er *sei* den ganzen Abend zu Hause gewesen. Und keiner von uns glaubt, daß *er* den alten Herrn um die Ecke gebracht hat – obgleich er's natürlich getan haben könnte. Wer also dann?«

»Diese Creda Dexter«, schlug ich vor, »wollte Gantvoort doch wegen seines Geldes heiraten, nicht? Sie glauben bestimmt nicht, daß sie ihn liebte, oder?«

»Nein. Nach dem, was ich von ihr gesehn habe, könnte ich mir denken, daß sie die anderthalb Millionen liebte.«

»Schön«, fuhr ich fort. »Und den Eindruck, daß sie immer brav am Herd hockt, macht sie mir auch nicht gerade – im

Gegenteil. Meinen Sie, Gantvoort war der einzige Mann, der je in sie verknallt war?«

»Ich kapiere! Ich kapiere!« rief O'Gar aus. »Sie meinen, es könnte irgendein junger Bursche im Rennen gelegen haben, der keine anderthalb Millionen im Rücken hatte und der sich gar nicht darüber freute, von einem Reichen ausgestochen zu werden. Schon möglich – schon möglich.«

»Nun, wie wär's dann, wenn wir den ganzen Kram, an dem wir bis jetzt gehangen haben, begraben und es mal in dieser Richtung versuchen?«

»Einverstanden«, sagte er. »Fangen wir also morgen früh an, unsere Zeit damit zu verbringen, den Rivalen um das Tätzchen dieser Dexter-Katze aufzustöbern.«

Ob unsere Richtung nun stimmte oder nicht, aber das war es, was wir taten. Wir verstauten all diese hübschen Hinweise in einer Schublade, schlossen die Schublade ab und vergaßen den Kram. Dann machten wir uns auf die Suche nach Creda Dexters Männerbekanntschaften, um sie nach dem Mörder durchzusieben.

Aber das war nicht so einfach, wie es klang.

So sehr wir uns auch in ihre Vergangenheit vergruben, nicht einen Mann förderten wir zu Tage, der als ihr Verehrer hätte gelten können. Sie und ihr Bruder lebten seit drei Jahren in San Franzisko. Alle Wohnungen, die sie in dieser Zeit gehabt hatten, spürten wir auf. Jeden, der sie auch nur vom Sehen her kannte, vernahmen wir. Und niemand konnte uns etwas von einem alleinstehenden Mann erzählen, der – abgesehen von Gantvoort – Interesse an ihr gezeigt hatte. Außer mit Gantvoort oder ihrem Bruder war sie anscheinend nie mit einem Mann gesehen worden.

All das brachte uns zwar nicht weiter, bestärkte aber unsere Überzeugung, auf dem richtigen Weg zu sein. In diesen drei Jahren, so argumentierten wir, mußte es außer Gantvoort mindestens noch einen Mann in ihrem Leben gegeben haben. Wenn wir uns nicht fürchterlich irrten, war sie ganz und gar nicht die Frau, die das Interesse eines Mannes entmutigt hätte. Und ein solches Interesse mußte sie erregen, denn die Natur hatte sie durchaus nicht stiefmütterlich behandelt. Und wenn es einen anderen Mann gab, dann erhöhte gerade die Tatsache, daß er so sorgfältig versteckt gehalten wurde, die Wahrscheinlichkeit, daß er mit Gantvoorts Tod etwas zu tun hatte.

Es gelang uns nicht, in Erfahrung zu bringen, wo die Dexters gelebt hatten, bevor sie nach San Franzisko gekommen waren, aber an ihrem früheren Leben waren wir auch nicht sonderlich interessiert. Es war natürlich möglich, daß irgendein Liebhaber von früher erneut auf den Plan getreten war, aber in diesem Fall wäre es einfacher gewesen, die neugeknüpfte Verbindung aufzuspüren als das alte Verhältnis.

Unsere Erkundungen erwiesen jedenfalls eindeutig, daß Gantvoorts Sohn recht hatte, wenn er die Dexters für Erbschleicher hielt. Darauf deuteten sämtliche ihrer Tätigkeiten hin, auch wenn es in ihrer Vergangenheit nichts kraß Kriminelles gegeben hatte.

Ich knöpfte mir nochmals Creda Dexter vor, verbrachte einen ganzen Nachmittag bei ihr in der Wohnung und ließ Frage um Frage auf sie niederprasseln, alles mit Zielrichtung auf ihre früheren Liebesverhältnisse. Wem hatte sie wegen Gantvoort und seiner anderthalb Millionen den Laufpaß gegeben? Und immer war die Antwort *niemandem* – eine Antwort, der ich keinen Glauben schenken mochte.

Wir ließen Creda Dexter Tag und Nacht beschatten – und es brachte uns keinen Millimeter weiter. Vielleicht ahnte sie, daß sie beschattet wurde. Sie verließ ihre Wohnung jedenfalls selten, und wenn, dann nur, um ganz unschuldige Einkäufe zu machen. Wir ließen ihre Wohnung beobachten, ganz gleich, ob sie zu Hause war oder nicht. Niemand kam zu Besuch. Wir zapften ihr Telefon an – und unser ganzes Abhören brachte uns nichts ein als Stille. Wir ließen ihre Post überwachen – und sie bekam nicht einen einzigen Brief, nicht einmal eine Reklamesendung.

Inzwischen hatten wir herausgekriegt, wo die drei in der

Brieftasche gefundenen Zeitungsausschnitte herstammten – aus den Spalten für Persönliches von in New York, Chicago und Portland erscheinenden Zeitungen. Der Ausschnitt aus der Zeitung aus Portland war zwei Tage vor dem Mord erschienen, der Chicagoer Ausschnitt vier Tage davor, der New Yorker Ausschnitt fünf Tage davor. Alle drei Zeitungen hatten sich am Tage des Mordes in den Zeitungsständen von San Franzisko befunden – jeder, der Material brauchte, um Detektive an der Nase herumzuführen, hätte sie erstehen und etwas aus ihnen herausschneiden können.

Der Pariser Verbindungsmann der Agentur hatte nicht weniger als sechs Emil Bonfils ausfindig gemacht – alles Nieten, soweit unsere Sache in Betracht kam – und war drei weiteren auf der Spur.

Aber O'Gar und ich machten uns über Emil Bonfils keine Gedanken mehr – dieser Köder zog nicht mehr. Wir bosselten an unserer neuen Aufgabe herum – den Rivalen Gantvoorts ausfindig zu machen.

So vergingen die Tage, und so stand die Sache, als Madden Dexter aus New York zurückerwartet wurde.

Unsere New Yorker Filiale hatte ihn im Auge behalten, bis er die Stadt verließ, und hatte uns seine Abreise avisiert, so daß ich wußte, mit welchem Zug er kommen würde. Ich wollte ihm ein paar Fragen stellen, bevor seine Schwester ihn gesprochen hatte. Er hätte mir erzählen können, was ich wissen wollte, und vielleicht war er bereit dazu, solange seine Schwester ihm den Mund noch nicht verboten hatte.

Wenn ich gewußt hätte, wie er aussieht, hätte ich an ihn herantreten können, wenn er in Oakland aus dem Zug gestiegen wäre, aber ich kannte ihn nicht. Und Charles Gantvoort oder sonst jemanden, der ihn für mich hätte erkennen können, wollte ich nicht mitnehmen.

Ich fuhr also an jenem Morgen nach Sacramento hoch und stieg dort in seinen Zug. Ich steckte meine Karte in einen Umschlag und gab ihn einem Dienstmann auf dem Bahnhof.

Dann folgte ich dem Dienstmann durch den Zug, während er ausrief:

»Mr. Dexter! Mr. Dexter!«

Im letzten Wagen – dem Wagen des Aussichtsclubs – wandte sich ein schlanker, dunkelhaariger Mann in gutgeschneidertem Tweedanzug von dem Fenster ab, durch das er den Bahnsteig beobachtet hatte, und streckte dem Dienstmann die Hand hin.

Ich betrachtete ihn genau, während er nervös den Umschlag aufriß und meine Karte las. Sein Kinn zitterte in diesem Augenblick ein wenig, was die Kraftlosigkeit eines Gesichts, das auch in besseren Momenten kaum energisch wirken konnte, noch unterstrich. Ich schätzte ihn zwischen fünfundzwanzig und dreißig. Die Haare in der Mitte gescheitelt und glatt nach unten angeklatscht; große und allzu ausdrucksvolle braune Augen; kleine, gutgeformte Nase; gepflegtes braunes Schnauzbärtchen; sehr rote, weichliche Lippen – dieser Typ etwa.

Als er von der Karte aufblickte, ließ ich mich auf den freien Sitz neben ihm fallen.

»Sie sind Mr. Dexter?«

»Ja«, sagte er. »Sie wollen mich vermutlich wegen Mr. Gantvoorts Tod sprechen?«

»Ah-hm. Ich habe ein paar Fragen, und da ich zufällig in Sacramento war, dachte ich, ich könnte sie Ihnen im Zug stellen, während ich mit Ihnen zurückfahre, um Ihnen nicht allzu viel von Ihrer Zeit zu rauben.«

»Wenn es irgendwas gibt, was ich Ihnen erzählen kann, so soll mich das freuen«, versicherte er mir. »Aber ich habe den New Yorker Detektiven schon alles gesagt, was ich wußte, und sie schienen nicht besonders viel damit anfangen zu können.«

»Nun, seit Sie in New York abgereist sind, hat sich die Situation etwas verändert.« Ich beobachtete sein Gesicht genau, während ich sprach. »Was wir da noch für wertlos hielten, kann jetzt gerade das sein, was wir brauchen.«

Ich machte eine Pause, während der er sich die Lippen befeuchtete und meinem Blick auswich. Kann sein, daß er nichts weiß, dachte ich, aber nervös ist er jedenfalls ganz schön. Ich ließ ihn ein Weilchen schmoren und tat inzwischen so, als wäre ich tief in Gedanken versunken. Wenn ich ihn richtig anfaßte, dessen war ich mir sicher, würde ich sein Innerstes nach außen kehren können. Aus sehr hartem Holz schien er nicht geschnitzt.

Wir saßen mit den Köpfen dicht zusammen, die vier oder fünf anderen Fahrgäste im Wagen sollten nicht hören, was wir sagten: und das war von Vorteil für mich. Zu den Dingen, die jeder Detektiv weiß, gehört unter anderem, daß man einem schwächlichen Charakter eine Information – sogar ein Geständnis – oftmals mit Leichtigkeit dadurch entlocken kann, daß man einfach das Gesicht dicht an das seine heranbringt und mit lauter Stimme spricht. Laut konnte ich hier nicht sprechen, aber allein die Tatsache, daß unsere Gesichter nahe beieinander waren, war schon günstig.

»Welcher von den Männern, mit denen Ihre Schwester bekannt war«, rückte ich schließlich heraus, »hat sich – abgesehn von Mr. Gantvoort – am meisten um sie bemüht?«

Er schluckte hörbar, blickte aus dem Fenster, flüchtig auf mich, dann wieder aus dem Fenster.

»Wirklich, da bin ich überfragt.«

»Na schön. Dann gehn wir mal so an die Sache ran – sagen wir, wir gehn der Reihe nach alle Männer durch, die sich für sie interessierten und für die sie sich interessierte.«

Er starrte weiterhin aus dem Fenster.

»Wer kommt da als erster?« drängte ich ihn.

Sein Kopf kam herum, und eine Sekunde lang sah er mir mit unruhigem Blick in die Augen – als getraute er sich nicht recht, seine Verzweiflung zu zeigen.

»Ich weiß, es klingt blöd, aber nicht mal ich als ihr Bruder könnte Ihnen den Namen auch nur eines Mannes nennen, für den Creda sich interessierte, bevor sie Gantvoort kennenlernte. Bevor sie ihn kennenlernte, hat sie meines Wissens auch nicht für einen einzigen Mann das geringste empfunden. Es ist freilich möglich, daß es da mal irgendwen gegeben hat, von dem ich nichts wußte, aber...«

Das klang in der Tat blöd! Die Creda Dexter, mit der ich gesprochen hatte – ein glattes Kätzchen, wie O'Gar sich ausgedrückt hatte – war mir ganz und gar nicht wie jemand vorgekommen, der nicht sehr bald mindestens einen Mann im Schlepptau hat. Der hübsche kleine Bursche, den ich da vor mir hatte, log. Eine andere Erklärung konnte es nicht geben.

Ich nahm ihn in die Zange. Doch als wir früh an jenem Abend in Oakland ankamen, hielt er immer noch an seiner ersten Behauptung fest – daß Gantvoort der einzige Verehrer seiner Schwester sei, von dem er etwas wisse. Und ich wußte, daß ich meine Sache vermasselt hatte, Madden Dexter unterschätzt hatte; daß es falsch gewesen war, ihn zu schnell in die Knie zwingen zu wollen; daß ich ihn zu direkt an dem Punkt gepackt hatte, der mich interessierte. Entweder war er bedeutend stärker, als ich vermutet hatte, oder sein Interesse, Gantvoorts Mörder zu decken, war wesentlich größer, als ich gedacht hatte.

Doch fest stand jetzt immerhin dies: Wenn Dexter log – und daran konnte es keinen großen Zweifel geben –, dann *hatte* Gantvoort einen Rivalen gehabt, und Madden Dexter glaubte oder wußte, daß dieser Rivale Gantvoorts getötet hatte.

Als wir in Oakland aus dem Zug stiegen, wußte ich, daß ich angeschmiert war, daß er mir nicht erzählen würde, was ich wissen wollte – jedenfalls nicht mehr an dem Abend. Aber ich hängte mich an ihn, wich ihm nicht von der Seite, als wir das Fährschiff nach San Franzisko bestiegen, obwohl nicht zu übersehen war, daß er viel darum gegeben hätte, mich loszuwerden. Immer besteht die Möglichkeit, daß etwas geschieht, womit man nicht gerechnet hat; und so ließ ich nicht ab, ihn mit Fragen zu löchern, während unser Schiff von der Pier ablegte.

Es dauerte nicht lange, und ein Mann näherte sich der Stelle, wo wir saßen – ein großer, kräftiger Mann in hellem Mantel und mit einer schwarzen Tasche in der Hand.

»Hallo, Madden!« begrüßte er meinen Begleiter, mit ausgestreckter Hand auf ihn zuschreitend. »Bin grade zugestiegen und versuche dauernd, mich an deine Telefonnummer zu erinnern«, sagte er, seine Tasche hinstellend, derweil sie sich freundschaftlich die Hände drückten.

Madden Dexter wandte sich mir zu.

»Darf ich vorstellen – Mr. Smith«, sagte er zu mir und nannte dann dem großen Mann meinen Namen, indem er hinzufügte: »Er arbeitet hier bei der Continental Detective Agency.«

Diese Floskel – eindeutig ein warnender Kassiber für Smith – brachte mich auf die Beine, und ich war ganz Wachsamkeit. Aber das Fährschiff war voll von Menschen, mindestens hundert allein waren um uns herum zu sehen. Ich wurde entspannter, lächelte freundlich und schüttelte Smith die Hand. Wer immer dieser Smith sein mochte und was er mit dem Mord zu tun haben mochte oder auch nicht – warum hatte Dexter es so eilig gehabt, ihm die Art meiner Tätigkeit unter die Nase zu binden? –, er konnte hier doch sowieso nichts machen. Die Menschenmenge um uns garantierte meine Sicherheit.

Das war mein zweiter Fehler an diesem Tag.

Smiths linke Hand war in seiner Manteltasche verschwunden – oder vielmehr durch einen dieser vertikalen Schlitze, die gewisse Macharten von Mänteln haben, so daß man die Taschen darunter erreichen kann, ohne den Mantel aufzuknöpfen. Seine Hand war durch diesen Schlitz verschwunden, und der Mantel war vorne so weit aufgesprungen, daß ich die stupsnasige Automatic in seiner Hand sah, die auf meine Gürtellinie gerichtet war, und zwar so, daß es den Blicken anderer verborgen blieb.

»Gehn wir aufs Deck?« fragte Smith – und das war ein Befehl.

Ich zögerte. Es war mir gar nicht lieb, all diese Menschen zu verlassen, die so blind um uns herum standen und saßen. Aber Smiths Gesicht war nicht gerade das Gesicht eines sehr vorsichtigen Menschen. Er sah aus wie jemand, dem es nicht viel ausmachte, sich über die Anwesenheit von hundert Zeugen hinwegzusetzen.

Ich drehte mich um und ging durch die Menge. Seine rechte

Hand lag vertraulich auf meiner Schulter, während er ein wenig hinter mir ging. Mit der linken Hand – unter dem Mantel – drückte er mir seine Kanone ins Kreuz.

Das Deck war leer. Ein dicker Nebel, naß wie Regen – der Nebel winterlicher Nächte auf der San Franzisko Bay – lag über dem Schiff und dem Wasser und hatte alle nach drinnen getrieben. Schwer hing er um uns, dicht und undurchdringlich. Trotz der Lampen, die über uns hingen, konnte ich nicht bis zum Ende des Schiffes sehen.

Ich blieb stehen.

Smith stieß mich in den Rücken.

»Noch'n Stückchen weiter, wo wir reden können«, knurrte er mir ins Ohr.

Ich ging weiter, bis ich an die Reling kam.

Mein ganzer Hinterkopf brannte in plötzlichem Feuer... winzige Lichtpunkte funkelten in der Schwärze vor mir... wurden größer... stürzten auf mich ein...

Halb wieder bei Bewußtsein! Ich merkte, daß ich mich mechanisch irgendwie über Wasser hielt, und versuchte, aus meinem Mantel herauszukommen. In meinem Hinterkopf pochte es teuflisch. Meine Augen brannten. Ich kam mir schwer vor und vollgelaufen, als hätte ich literweise Wasser geschluckt.

Der Nebel hing tief und dick auf dem Wasser – sonst war nirgendwo etwas zu sehen. Mittlerweile hatte ich mich von dem behindernden Mantel befreit, und in meinem Kopf war es etwas klarer geworden, doch mit wiederkehrendem Bewußtsein nahm auch der Schmerz zu.

Zu meiner Linken schimmerte diesig ein Licht auf und verschwand dann. Aus der Nebeldecke heraus, aus jeder Richtung, in einem Dutzend verschiedenen Tonarten, von nah und fern, blökten Nebelhörner. Ich hörte auf zu schwimmen, ließ mich auf dem Rücken treiben und versuchte auszumachen, wo ich mich befand.

Nach einer Weile hörte ich das Klagen der Alcatraz-Sirene heraus, Signale in gleichmäßigen Abständen, die mir aber nichts sagten. Ohne Richtung kamen sie aus dem Nebel zu mir – als würden sie direkt von oben auf mich eindringen.

Ich befand mich irgendwo in der San Franzisko Bay, das war alles, was ich wußte, wenn ich auch den Verdacht hatte, daß die Strömung mich zum Golden Gate hinaustrieb.

Ein Weilchen verging, und mir wurde klar, daß ich die Fahrrinne der Oakland-Fähren verlassen hatte – schon seit einer ganzen Zeit war kein Schiff mehr in meiner Nähe vorbeigekommen. Ich war froh, aus dieser Rinne heraus zu sein. In diesem Nebel war es viel wahrscheinlicher, daß ein Schiff mich überfuhr, als daß es mich aufgefischt hätte.

Das Wasser packte mich kalt an, und so drehte ich mich wieder um und begann zu schwimmen, gerade kräftig genug, um mein Blut am Kreisen zu halten, derweil ich meine Energie sparte, bis ein bestimmtes Ziel sich zeigen würde, das ich dann ansteuern wollte.

Langsam kam ein Horn mit sich wiederholendem Röhren näher und näher, und kurz darauf wurden die Lampen des dazugehörigen Schiffs sichtbar. Eine von den Sausalito-Fähren, dachte ich.

Sie kam ziemlich nahe an mich heran, und ich rief sie an, bis ich atemlos war und meine Kehle wund. Doch in dem Warngebrüll des Schiffs gingen meine Rufe unter.

Das Schiff zog vorbei, und hinter ihm schloß sich der Nebel.

Die Strömung war jetzt stärker, und die Versuche, die Aufmerksamkeit der Sausalito-Fähre auf mich zu ziehen, hatten mich geschwächt. Ich ließ mich treiben, ließ mich von dem Wasser tragen, wohin es wollte, und ruhte mich aus.

Plötzlich tauchte vor mir ein anderes Licht auf – hing dort kurz – war weg.

Ich fing an zu schreien, arbeitete wie verrückt mit Armen und Beinen und versuchte, mich bis zu der Stelle durchs Wasser zu wühlen, wo es gewesen war.

Ich habe es nie wieder gesehen.

Überdruß überkam mich und ein Gefühl der Vergeblichkeit.

Das Wasser war nicht mehr kalt. Mir war warm und wohlig, eine tröstliche Benommenheit zog in mich ein. In meinem Kopf pochte es nicht mehr; es war überhaupt keine Empfindung mehr in ihm. Es gab keine Lichter mehr jetzt, nur noch das Tuten der Nebelhörner... Nebelhörner... Nebelhörner vor mir, hinter mir, zu beiden Seiten von mir, mich ärgernd, mich reizend.

Wären die klagenden Hörner nicht gewesen, ich hätte keinen Finger mehr krumm gemacht. Sie waren die einzige Kleinigkeit geworden, die mich in meiner Situation noch störte – das Wasser war angenehm, das Müdesein war angenehm. Aber die Hörner peinigten mich. Wütend verfluchte ich sie und beschloß zu schwimmen, bis ich sie nicht mehr würde hören können, und dann, in der Stille des freundlichen Nebels, wollte ich einschlafen...

Hin und wieder döste ich ein, um vom Wimmern einer Sirene ins Wachsein zurückgerissen zu werden.

»Diese verdammten Tuten! Diese verdammten Tuten!« beschwerte ich mich laut, wieder und wieder.

Eins von den Nebelhörnern, merkte ich kurz darauf, drang von hinten auf mich ein, lauter und stärker werdend. Ich wandte mich zurück und wartete ab. Lichter, schwach im Gewaber, kamen in Sicht.

Mit übertriebener Vorsicht das leiseste Plantschen vermeidend, schwamm ich zur Seite, um Platz zu machen. Wenn dieses Ärgernis vorbei wäre, würde ich mich schlafen legen können. Leise kicherte ich in mich hinein, als die Lichter auf gleiche Höhe mit mir kamen, und empfand einen albernen Triumph darüber, wie gerissen ich dem Schiff ausgewichen war. Diese verdammten Tuten...

Leben – die Gier nach Leben – ganz plötzlich strömte sie wieder in mein Innerstes zurück.

Ich schrie zu dem vorbeifahrenden Schiff hinauf und kämpfte mich mit jedem Atom meines Seins durch das Wasser zu ihm hin. Zwischen den Schwimmstößen warf ich den Kopf hoch und schrie...

Als ich an diesem Abend zum zweitenmal das Bewußtsein wiedererlangte, lag ich auf einem sich bewegenden Gepäckkarren. Ringsum drängten sich Männer und Frauen, gingen neben dem Karren her, starrten mich mit neugierigen Blicken an. Ich setzte mich auf.

»Wo sind wir?« fragte ich.

Ein kleiner rotgesichtiger Mann beantwortete meine Frage.

»Sind gerade in Sausalito gelandet. Liegen Sie still. Wir bringen Sie ins Krankenhaus.«

Ich blickte mich um.

»Wie lange dauert es, bis dieses Schiff wieder nach San Franzisko zurückfährt?«

»Es legt gleich ab.«

Ich glitt von dem Karren und machte kehrt, um wieder an Bord zu gehen.

»Ich fahr da mit«, sagte ich.

Eine halbe Stunde später stieg ich bibbernd und bebend in meinen nassen Sachen und mit zusammengebissenen Zähnen, um sie nicht klappern zu lassen wie ein Würfelspiel, am Fährenhaus in ein Taxi und fuhr zu meiner Wohnung.

Dort schluckte ich einen Viertelliter Whisky, rieb mich mit einem groben Handtuch ab, bis meine Haut brannte, und fühlte mich dann, abgesehen von enormer Müdigkeit und schlimmen Kopfschmerzen, fast wieder menschlich.

Ich erreichte O'Gar telefonisch, bat ihn, sofort in meine Wohnung zu kommen, und rief dann Charles Gantvoort an.

»Ist Madden Dexter schon bei Ihnen gewesen?« fragte ich ihn.

»Nein, aber wir haben telefoniert. Er rief gleich an, als er zurück war. Ich bat ihn, sich morgen früh in Mr. Abernathys Büro mit mir zu treffen, um diese geschäftliche Transaktion durchzusprechen, die er für Vater getätigt hat.«

»Können Sie ihn jetzt anrufen und ihm sagen, Sie hätten gerade einen Anruf aus der Stadt gekriegt – müßten morgen ganz früh weg – und ob Sie nicht zu ihm kommen und ihn heute abend noch sprechen könnten?«

»Aber ja, wenn Sie wollen.«

»Gut! Tun Sie das. Ich komme gleich bei Ihnen vorbei, und wir gehn dann zusammen zu ihm.«

»Was ist...«

»Ich erzähl's Ihnen, wenn ich da bin«, unterbrach ich ihn.

Ich hatte mich gerade fertig angezogen, als O'Gar eintraf.

»Er hat Ihnen also was erzählt?« fragte er, denn er wußte, daß ich vorgehabt hatte, Dexter im Zug zu treffen und auszuhorchen.

»Ja«, sagte ich mit bitterem Sarkasmus, »aber fast wär's soweit gekommen, daß ich vergessen hätte, was es war. Ich hab ihm auf der ganzen Strecke von Sacramento bis Oakland hart zugesetzt, aber kein Ton war aus ihm rauszukriegen. Auf der Fähre hier rüber macht er mich dann mit einem Mann bekannt, den er Mr. Smith nennt, und erzählt diesem Mr. Smith, daß ich ein Schnüffler bin. Und das, stellen Sie sich vor, passiert alles mitten in der Menschenmenge auf der Fähre! Mr. Smith drückt mir eine Kanone in den Bauch, marschiert mit mir aufs Deck raus, knallt mir was auf den Hinterkopf und schmeißt mich in die Bucht.«

»Sie erleben immer ganz schön lustige Sachen, was?« O'Gar grinste und runzelte dann die Stirn. »Dann sieht das also ganz danach aus, daß Smith der Mann ist, den wir suchen – der Kamerad, der das Ding mit Gantvoort gedreht hat. Aber was zum Henker bringt ihn dazu, sich dadurch zu verraten, daß er Sie über Bord schmeißt?«

»Zu schwer für mich«, bekannte ich, während ich meine Hüte und Mützen probierte, um festzustellen, was davon am wenigsten schwer auf meinem angeschlagenen Schädel sitzen würde. »Dexter hat natürlich gewußt, daß ich hinter einem der früheren Liebhaber seiner Schwester her war. Und er muß sich gedacht haben, daß ich eine ganze Menge mehr weiß, als ich tatsächlich weiß, sonst hätte er Smith nicht in meiner Gegenwart so plump mit der Nase auf meinen Job gestupst. Nachdem Dexter auf der Fähre diesen hirnlosen Mist gebaut hatte, hat Smith möglicherweise gedacht, ich würde ihn sehr bald, wenn nicht auf der Stelle, am Kragen haben. Deswegen der Desperado-Versuch, mich aus dem Weg zu räumen. Aber das werden wir bald alles geklärt haben«, sagte ich, als wir zu dem wartenden Taxi hinuntergingen, das uns zu Gantvoort bringen sollte.

»Sie rechnen doch nicht damit, daß Smith sich irgendwo blicken läßt, oder?« fragte der Detektivsergeant.

»Nein. Der hat sich erst mal irgendwo verkrochen, bis er klar sieht, wie die Dinge laufen. Aber Madden Dexter wird sich sehn lassen müssen, wenn er nicht verdächtigt werden will. Was den Mord als solchen betrifft, so hat er ein Alibi. Und da ich ja als tot gelte, ist er um so sicherer, je mehr er sich zeigt. Aber es steht fest, daß er weiß, was das alles soll, auch wenn er nicht unbedingt was damit zu tun haben muß. Soweit ich sehn konnte, ist er heute abend nicht mit Smith und mir aufs Deck rausgegangen. Jedenfalls ist er bestimmt zu Hause. Und diesmal wird er reden – er wird sein Geschichtchen erzählen!«

Charles Gantvoort stand auf der Treppe vor seinem Haus, als wir bei ihm ankamen. Er stieg zu uns ins Taxi, und wir fuhren los zum Apartment der Dexters. Wir hatten keine Zeit, auch nur eine der Fragen zu beantworten, mit denen Gantvoort uns bei jeder Umdrehung der Räder zusetzte.

»Er ist zu Hause und erwartet uns?« fragte ich ihn.

»Ja.«

Dann stiegen wir aus dem Taxi und gingen in das Apartmenthaus.

»Melden Sie Mr. Dexter, ich sei hier – Gantvoort ist mein Name«, sagte Gantvoort zu dem philippinischen Boy am Schaltbrett.

Der Boy sprach ins Telefon.

»Gehn Sie nur hoch«, sagte er zu uns.

An der Tür der Dexters trat ich an Gantvoort vorbei und drückte auf die Klingel.

Creda Dexter machte auf. Ihre Bernsteinaugen weiteten sich, und ihr Lächeln erstarb, als ich an ihr vorbei in die Wohnung trat.

Rasch ging ich durch den kurzen Flur und bog in das erste Zimmer ein, hinter dessen offener Tür Licht brannte.

Und vor mir stand Smith!

Wir waren beide überrascht, doch er staunte noch viel mehr als ich. Keiner von uns beiden hatte damit gerechnet, den andern zu sehen; aber ich hatte gewußt, daß er noch am Leben war, während er allen Grund gehabt hatte zu denken, ich sei tief unten bei den Fischen der Bucht.

Ich nutzte den Vorteil seiner größeren Verwirrung so weit aus, daß ich zwei Schritte auf ihn zu machte, bevor er aktiv wurde.

Eine seiner Hände schoß nach unten.

Ich schickte die rechte Faust zu seinem Gesicht ab; jedes Gramm meiner 180 Pfund legte ich in sie hinein, und verstärkt wurde die Wucht durch die Erinnerung an jede Sekunde, die ich im Wasser verbracht hatte, durch jedes Pochen in der Beule auf meinem Schädel.

Seine Hand, die schon nach seiner Pistole hinunterzuckte, kam zu spät wieder hoch, um meinen Punch zu kontern.

Etwas knackte in meiner Hand, als ich sie in sein Gesicht knallte, und ich merkte, wie meine Hand taub wurde.

Aber er ging zu Boden – und blieb liegen.

Ich sprang über ihn hinweg zu einer Tür auf der gegenüberliegenden Seite des Zimmers und zog dabei mit der Linken meine Pistole.

»Dexter ist hier irgendwo!« rief ich O'Gar über die Schulter zu, der gerade mit Gantvoort und Creda durch die Tür kam, durch die ich hereingekommen war. »Augen auf!«

Ich rannte durch die vier anderen Zimmer des Apartments, riß Schranktüren auf, sah überall nach – und fand niemanden.

Dann kehrte ich dorthin zurück, wo Creda mit O'Gars und Gantvoorts Hilfe versuchte, Smith wieder zum Leben zu erwecken.

Der Detektivsergeant sah mich über die Schulter an.

»Was meinen Sie, wer der Kerl hier ist?« fragte er.

»Mein Freund Mr. Smith.«

»Gantvoort sagt, er ist Madden Dexter.«

Ich sah Charles Gantvoort an, und der nickte.

»Das ist Madden Dexter«, sagte er.

Wir mußten Dexter fast zehn Minuten bearbeiten, bis er die Augen wieder aufmachte.

Sobald er sich aufgesetzt hatte, nahmen wir ihn mit Fragen und Anschuldigungen unter Beschuß, in der Hoffnung, ein Geständnis aus ihm herauszuholen, bevor er sich von seiner Schwäche erholte – aber so schwach war er gar nicht.

Alles, was wir aus ihm herauskriegen konnten, war dies:

»Nehmt mich doch fest, wenn ihr wollt. Wenn ich überhaupt was zu sagen habe, dann werd ich's meinem Anwalt sagen und sonst keinem.«

Creda Dexter, die, als ihr Bruder zu sich kam, zurückgetreten war und, uns beobachtend, etwas abseits stand, kam plötzlich vor und packte mich am Arm.

»Was haben Sie in der Hand gegen ihn?« herrschte sie mich an.

»Das will ich erst mal für mich behalten«, konterte ich, »aber so viel kann ich Ihnen sagen – wir werden ihm Gelegenheit geben, in einem sauberen, modernen Gerichtssaal zu beweisen, daß er Leopold Gantvoort nicht umgebracht hat.«

»Er war in New York!«

»War er nicht! Ein Freund von ihm ist als Madden Dexter nach New York gefahren und hat sich unter diesem Namen um Gantvoorts Geschäfte gekümmert. Aber wenn das hier der wirkliche Madden Dexter ist, dann ist er in Richtung New York nicht weiter gekommen als bis auf die Fähre, wo er seinen Freund traf, um von ihm die Papiere entgegenzunehmen, die mit der B. F. & F. Iron Corporation-Transaktion zusammenhängen. Und dabei hat er gemerkt, daß ich über den Wahrheitsgehalt seines Alibis gestolpert war – auch wenn ich das zu der Zeit selber noch nicht wußte.«

Sie fuhr herum und starrte auf ihren Bruder.

»Stimmt das?« fragte sie ihn.

Höhnisch grinste er sie an und befühlte weiter die Stelle an seinem Kinn, wo meine Faust gelandet war.

»Alles, was ich zu sagen habe, werde ich meinem Anwalt sagen«, wiederholte er.

»So, wirst du das?« schoß sie zurück. »Na, dann werde ich gleich jetzt sagen, was ich zu sagen habe!«

Sie fuhr wieder zu mir herum.

»Madden ist überhaupt nicht mein Bruder! Mein Name ist Ives. Ich lernte Madden in St. Louis kennen, vor ungefähr vier Jahren. Ein Jahr oder so sind wir zusammen rumgezogen und dann nach Frisco gekommen. Er war Zuchthäusler – und ist es noch. Mr. Gantvoorts Bekanntschaft hat er vor sechs oder sieben Monaten gemacht – er hat ihn riesig durch den Kakao gezogen – wollte ihm irgendeine Pseudo-Erfindung aufschwatzen. Ein paarmal hat er ihn mit hierhergebracht und mich als seine Schwester vorgestellt. Wir sind auch sonst meistens als Bruder und Schwester aufgetreten. Dann, als Mr. Gantvoort mehrmals hiergewesen war, hat Madden sich ein anderes Spiel ausgedacht. Er war der Meinung, Mr. Gantvoort hätte mich gern, und wir würden mehr Geld aus ihm rausholen können, wenn wir sowas wie 'ne Art Köderspiel mit ihm anfangen würden. Ich sollte den alten Herrn kirre machen, bis ich ihn fest um den Finger gewickelt hätte – bis wir ihn so fest am Haken gehabt hätten, daß er nicht mehr losgekommen wäre – bis wir was in der Hand gehabt hätten gegen ihn, was wirklich gezogen hätte. Dann wollten wir ihn ausnehmen, aber richtig. 'ne Weile ging alles prima. Er verknallte sich in mich – verknallte sich fürchterlich. Und schließlich bat er mich, ihn zu heiraten. Damit hatten wir nie gerechnet. Unser Spiel war Erpressung. Aber als er mir den Heiratsantrag gemacht hatte, versuchte ich Madden zurückzupfeifen. Ich gebe zu, das Geld des alten Herrn hatte was zu tun damit – hat mich beeinflußt –, aber inzwischen hatte ich ihn auch als Mensch ein bißchen liebgewonnen. In vieler Hinsicht war er ein riesig feiner Mann – netter als alle, die ich sonst gekannt hatte. Und das hab ich Madden alles erzählt und vorgeschlagen, daß wir den alten Plan fallenlassen und daß ich Gantvoort heirate. Ich versprach, daß Madden ausgesorgt haben würde – ich wußte, ich hätte von Mr. Gantvoort immer kriegen können, was ich gewollt hätte. Und ich war ehrlich und fair zu Madden. Ich mochte Mr. Gantvoort, aber Madden hatte ihn aufgetrieben und zu mir angeschleppt, und deswegen wollte ich Madden nicht sitzenlassen. Soweit ich konnte, wollte ich alles für ihn tun. Aber Madden wollte nichts davon hören. Auf die Dauer hätte er mehr Geld gekriegt, wenn er auf mich gehört hätte – aber er wollte sein Händchenvoll gleich haben. Und was ihn noch unvernünftiger macht, ist, daß er einen von seinen Eifersuchtsanfällen kriegte. Eines Abends hat er mich geschlagen! Damit war die Sache klar. Ich entschloß mich, ihn im Stich zu lassen. Ich erzählte Mr. Gantvoort, daß mein Bruder ein erbitterter Gegner unserer Heirat sei, und er konnte ja auch selber sehn, daß Madden Wut im Bauch hatte. Um ihn aus dem Weg zu haben, bis wir unsere Hochzeitsreise angetreten hätten, richtete er es also ein, Madden wegen dieses Stahlgeschäfts in den Osten zu schicken. Und wir dachten, wir hätten Madden gründlich getäuscht – aber ich hätte wissen müssen, daß er unsere Absicht durchschauen würde. Wir hatten vor, für etwa ein Jahr fort zu sein, und ich dachte, nach dieser Zeit würde Madden mich vergessen haben – oder ich wär fähig gewesen, mit ihm fertig zu werden, wenn er dann noch versucht hätte, irgendwelchen Ärger zu machen. Gleich als ich hörte, daß Mr. Gantvoort umgebracht worden war, ahnte ich, daß Madden es getan hatte. Aber dann schien es ja keinen Zweifel zu geben, daß er am nächsten Tag in New York war, und ich glaubte, ihm Unrecht getan zu haben. Und ich war froh, daß er aus der Sache raus war. Aber jetzt ...«

Sie wirbelte herum zu ihrem einstigen Verbündeten.

»Jetzt hoff ich, daß du baumelst, du Riesentrottel du!«

Mit einem Ruck fuhr sie wieder zu mir herum. Kein glattes Kätzchen mehr, sondern eine wütende, fauchende Katze mit Krallen und entblößten Zähnen.

»Wie hat der Kerl ausgesehn, der für ihn nach New York gefahren ist?«

Ich beschrieb den Mann, mit dem ich im Zug gesprochen hatte.

»Evan Felter«, sagte sie nach einem Moment des Nachdenkens. »Der hat früher schon mit Madden zusammengearbeitet. Wahrscheinlich finden Sie ihn in Los Angeles versteckt. Nehmen Sie ihn fest in die Zange, und er spuckt alles aus, was er weiß – er ist'n weiches Bübchen! Gut möglich, daß er Maddens Spiel gar nicht durchschaute, bevor es vorbei war.«

»Na, wie gefällt dir das?« zischte sie Madden Dexter an. »Wie gefällt dir das für'n Anfang? Gar nicht so schlecht für'n Kompagnon, was? Du hast mir meine kleine Party versaut, nicht? Na, und dafür werd ich von jetzt an, bis sie dich hochgehn lassen, jede Minute opfern, um ihnen zu helfen, dich hochgehn zu lassen!«

Und das tat sie auch – mit ihrer Hilfe war es keine Schwierigkeit mehr, den Rest der Beweise zusammenzukriegen, die wir brauchten, um ihn zu hängen. Und ich glaube nicht, daß ihre Freude an der Dreiviertelmillion Dollar im geringsten durch irgendwelche Gewissensbisse wegen dem getrübt wird, was sie Madden antat. Sie ist *jetzt* eine sehr achtbare Frau und froh, von dem Zuchthäusler losgekommen zu sein.

Dashiell Hammett im Diogenes Verlag

Der Malteser Falke
Roman. Aus dem Amerikanischen von Peter Naujack. detebe 20131

Rote Ernte
Roman. Deutsch von Gunar Ortlepp detebe 20292

Der Fluch des Hauses Dain
Roman. Deutsch von Wulf Teichmann detebe 20293

Der gläserne Schlüssel
Roman. Deutsch von Hans Wollschläger detebe 20294

Der dünne Mann
Roman. Deutsch von Tom Knoth detebe 20295

Fliegenpapier
Detektivstories I. Deutsch von Harry Rowohlt, Helmut Kossodo, Helmut Degner, Peter Naujack und Elizabeth Gilbert. Vorwort von Lillian Hellman. detebe 20911

Fracht für China
Detektivstories II. Deutsch von Elizabeth Gilbert, Antje Friedrichs und Walter E. Richartz. detebe 20912

Das große Umlegen
Detektivstories III. Deutsch von Walter E. Richartz, Hellmuth Karasek und Wulf Teichmann. detebe 20913

Das Haus in der Turk Street
Detektivstories IV. Deutsch von Wulf Teichmann. detebe 20914

Das Dingsbums Küken
Detektivstories V. Deutsch von Wulf Teichmann. Nachwort von Prof. Steven Marcus. detebe 20915

Meistererzählungen
Ausgewählt von William Matheson. Deutsch von Wulf Teichmann, Walter E. Richartz und Elizabeth Gilbert. detebe 21722

Außerdem liegt vor:

Diane Johnson
Dashiell Hammett
Eine Biographie. Aus dem Amerikanischen von Nikolaus Stingl. Mit zahlreichen Abbildungen. detebe 21618

Patricia Highsmith im Diogenes Verlag

Carol
Roman einer ungewöhnlichen Liebe. Aus dem Amerikanischen von Kyra Stromberg
Leinen

Der Stümper
Roman. Deutsch von Barbara Bortfeldt
detebe 20136

Zwei Fremde im Zug
Roman. Deutsch von Anne Uhde
detebe 20173

Der Geschichtenerzähler
Roman. Deutsch von Anne Uhde
detebe 20174

Der süße Wahn
Roman. Deutsch von Christian Spiel
detebe 20175

Die zwei Gesichter des Januars
Roman. Deutsch von Anne Uhde
detebe 20176

Der Schrei der Eule
Roman. Deutsch von Gisela Stege
detebe 20341

Tiefe Wasser
Roman. Deutsch von Eva Gärtner und Anne Uhde. detebe 20342

Die gläserne Zelle
Roman. Deutsch von Gisela Stege und Anne Uhde. detebe 20343

Das Zittern des Fälschers
Roman. Deutsch von Anne Uhde
detebe 20344

Lösegeld für einen Hund
Roman. Deutsch von Anne Uhde
detebe 20345

Der talentierte Mr. Ripley
Roman. Deutsch von Barbara Bortfeldt
detebe 20481

Ripley Under Ground
Roman. Deutsch von Anne Uhde
detebe 20482

Ripley's Game
Roman. Deutsch von Anne Uhde
detebe 20346

Der Schneckenforscher
Gesammelte Geschichten. Vorwort von Graham Greene. Deutsch von Anne Uhde
detebe 20347

Ein Spiel für die Lebenden
Roman. Deutsch von Anne Uhde
detebe 20348

Kleine Geschichten für Weiberfeinde
Deutsch von W. E. Richartz. Mit Zeichnungen von Roland Topor. detebe 20349

Kleine Mordgeschichten für Tierfreunde
Deutsch von Anne Uhde. detebe 20483

Venedig kann sehr kalt sein
Roman. Deutsch von Anne Uhde
detebe 20484

Ediths Tagebuch
Roman. Deutsch von Anne Uhde
detebe 20485

Der Junge, der Ripley folgte
Roman. Deutsch von Anne Uhde
detebe 20649

Leise, leise im Wind
Erzählungen. Deutsch von Anne Uhde
detebe 21012

Keiner von uns
Erzählungen. Deutsch von Anne Uhde
detebe 21179

Leute, die an die Tür klopfen
Roman. Deutsch von Anne Uhde
detebe 21349

Nixen auf dem Golfplatz
Erzählungen. Deutsch von Anne Uhde
detebe 21517

Elsie's Lebenslust
Roman. Deutsch von Otto Bayer
detebe 21660

Meistererzählungen
Ausgewählt von Patricia Highsmith. Deutsch von Anne Uhde, Walter E. Richartz und Wulf Teichmann. detebe 21723

Geschichten von natürlichen und unnatürlichen Katastrophen
Deutsch von Otto Bayer. detebe 21868

Suspense
oder Wie man einen Thriller schreibt. Deutsch von Anne Uhde. detebe 21924

Als Ergänzungsband liegt vor:
Über Patricia Highsmith
Essays und Zeugnisse von Graham Greene bis Peter Handke. Mit Bibliographie, Filmographie und zahlreichen Fotos. Herausgegeben von Franz Cavigelli und Fritz Senn
detebe 20818

Cornell Woolrich im Diogenes Verlag

Rendezvous in Schwarz

Roman. Aus dem Amerikanischen von Matthias Müller. detebe 21874
Neuübersetzung

Jeden Abend um acht, am Platz vor dem Drugstore, treffen sie sich – Johnny und seine große Liebe Dorothy. Doch schon bald wird Schluß sein mit den allabendlichen Rendezvous, der Tag der Hochzeit naht – das große Rendezvous fürs Leben.
Doch dann geschieht etwas, was diese Idylle ein für allemal zerstört... Johnny, der freundliche, harmlose junge Mann, wird zum gnadenlosen Racheengel: er schwört bei seiner getöteten Liebe, daß diejenigen, die schuld sind an seinem Schmerz, genauso Schmerz erfahren sollen wie er...

»In Woolrichs Geschichten spielt die Liebe eine große Rolle, eine totale und ausschließliche Liebe, die, wenn sie zerstört ist, unersetzlich bleibt.« *François Truffaut*

Verfilmt mit Boris Karloff, Larraine Day und Franchot Tone in den Hauptrollen.

Der schwarze Vorhang

Roman. Aus dem Amerikanischen von Signe Rüttgers. detebe 21625
Neuübersetzung

Nach einem leichten Unfall im Vergnügungsviertel geht Frank Townsend nach Hause – um festzustellen, daß er seit Jahren nicht mehr dort gewesen war. An Gedächtnisschwund leidend, des Mordes angeklagt und Opfer mörderischer Verfolgungen, muß er die ›Strafe‹ überstehen, die die Zeit über ihn verhängt hat.

»Unmöglich, das Buch vor dem Ende aus der Hand zu legen.« *The New York Times*

Verfilmt von Jack Hively mit Burgess Meredith, Claire Trevor, Louise Platt und Sheldon Leonard in den Hauptrollen.

Der schwarze Engel

Roman. Aus dem Amerikanischen von
Harald Beck und Claus Melchior. detebe 21626
Neuübersetzung

Ihr Mann nennt sie Engel, und als er wegen Mordes an seiner Geliebten verhaftet wird, wird sie es tatsächlich: ein schwarzer Todesengel. Um die Unschuld ihres Gefährten zu beweisen, steigt sie in die schwarze Welt der Spielhöllen, der Drogen und Prostituierten und bringt allen, die mit ihr in Berührung kommen, Unglück und Verderben.

»Woolrich gewinnt mehr Entsetzen, mehr Spannung und zitterndes Nägelkauen aus den allergewöhnlichsten Ereignissen als fast alle seiner Kollegen und Zeitgenossen.« *Ellery Queen*

Verfilmt von Roy William Neill mit Peter Lorre, June Vincent und Dan Duryea in den Hauptrollen.

Der schwarze Pfad

Roman. Aus dem Amerikanischen von
Daisy Remus. detebe 21627

Scotty und Eve konnten zwar vor Eves verbrecherischem Ehemann flüchten, nicht aber vor seiner Rache. In einer überfüllten Bar in Havanna wird die schöne Frau ermordet, und Scotty sitzt in einer mörderischen Falle, bleibt allein zurück in einem fremden Land, das nichts von ihm will als den Beweis, daß er die Frau, die er liebte, nicht umgebracht hat.

»Ein satanisches, scharfsinniges Plot.«
The New York Times

Verfilmt von Arthur Pripley mit Michèle Morgan und Robert Cummings in den Hauptrollen.

Das Fenster zum Hof

und vier weitere Kriminalstories
Aus dem Amerikanischen von Jürgen Bauer
und Edith Nerke. Mit einem Nachwort
von Wolfram Knorr. detebe 21718
Neuübersetzung

»Rein technisch betrachtet sind viele von Woolrichs Werken schrecklich; man vermißt in ihnen jeglichen Sinn. Und genau das ist es: wie im Leben. Dennoch finden einige seiner Geschichten, gewöhnlich infolge merkwürdiger Zufälle, ein glückliches Ende. Aber da er niemals einen Serien-Helden eingeführt hat, weiß der Leser auch nie im voraus, ob die Woolrich-Geschichte, vor der er gerade sitzt, hell oder dunkel, ob sie *allègre* oder *noire* ist – einer von vielen Gründen dafür, daß seine Geschichten so packend und spannungsgeladen sind. Wie die fünf in diesem Band vereinten.« *Francis M. Nevins jr.*

Die Titelgeschichte wurde verfilmt von Alfred Hitchcock mit Grace Kelly und James Stewart in den Hauptrollen.

Walzer in die Dunkelheit

Roman. Aus dem Amerikanischen von
Jobst-Christian Rojahn. detebe 21719
Neuübersetzung

Die Geschichte beginnt – wie so viele von Woolrichs Geschichten – mit einem einsamen Mann. Louis Durand, 37 Jahre alt, wohlhabender Kaufmann, hat nur noch einen Gedanken: seiner Einsamkeit zu entfliehen. Die Frau, die er heiraten will, kennt er nur aus Briefen. Doch dann taucht sie persönlich auf, die namenlose *femme fatale*, die für Durand zum Schicksal wird...

Verfilmt von François Truffaut unter dem Titel *La Sirène du Mississippi;* in den Hauptrollen Jean-Paul Belmondo und Catherine Deneuve.

Die Nacht hat tausend Augen

Roman. Aus dem Amerikanischen von Irene Holicki. detebe 21720
Neuübersetzung

Er war ein merkwürdiger alter Mann, der am liebsten schwieg, denn was er sagte, traf mit erschreckender Gewißheit ein. Harlan Reid, Witwer und erfolgreicher Geschäftsmann, war ganz versessen auf seine Worte, und auch seine einzige Tochter Jean hörte auf seine Ratschläge. Bis eine letzte entsetzliche Prophezeiung alle zu Tode erschreckte: Reids unmittelbar bevorstehenden Tod im Rachen eines Löwen.

»Lassen Sie das Licht an, falls Sie beabsichtigen, dieses Buch im Bett zu Ende zu lesen!« *The New York Times*

Verfilmt von John Farrow, mit Edward G. Robinson, Gail Russell und Virginia Bruce in den Hauptrollen.

Im Dunkel der Nacht

Kriminalstories. Aus dem Amerikanischen von Signe Rüttgers. detebe 21759
Deutsche Erstausgabe

»Woolrich schreibt Psychotope, Etüden der Angst und der Einsamkeit, voll cooler Bildentwürfe und grandioser Stimmungsmalerei.« *Die Weltwoche, Zürich*

Titelgeschichte verfilmt mit Edward G. Robinson in der Hauptrolle.

Ich heiratete einen Toten

Roman. Aus dem Amerikanischen von Matthias Müller. detebe 21742
Neuübersetzung

»Ein verschollener Klassiker des amerikanischen Kriminalromans kommt im Diogenes Verlag in neuen deutschen Übersetzungen ans Licht: Cornell Woolrich, der ›dritte Mann‹ neben *Dashiell Hammett* und *Raymond Chandler.*« *Der Spiegel, Hamburg*

Verfilmt mit Barbara Stanwyck in der Hauptrolle.

CORNELL WOOLRICH, neben Hammett[1] und Chandler[2] einer der größten der ›Schwarzen Ära‹, wurde 1903 in New York geboren, wohin er nach einem Aufenthalt in Hollywood, einer kurzen Ehe und ein paar homosexuellen Episoden wieder zurückkehrte, um fortan mit seiner Mutter in billigen Hotels zu wohnen. Viele seiner Romane und Stories wurden verfilmt, u.a. von Alfred Hitchcock, Sidney Pollack, François Truffaut. Trotz dieser Erfolge starb er 1968 verbittert und einsam in einem heruntergekommenen New Yorker Hotel.

[1] *Dashiell Hammett,* sämtliche Werke in 10 Bänden. Vollständig und neu übersetzt von Hellmuth Karasek, Gunar Ortlepp, Walter E. Richartz, Harry Rowohlt, Wulf Teichmann, Hans Wollschläger u. a.

[2] *Raymond Chandler,* Werkausgabe in 13 Bänden. Vollständig und neu übersetzt von Hellmuth Karasek, Gunar Ortlepp, Walter E. Richartz, Wulf Teichmann, Urs Widmer und Hans Wollschläger.